# Basket's RULES

EMILY JURIUS

Première publication
Titre original : *Basket's Rules Partie 1 : La reprise*
Couverture : © Emily Jurius, 2020

Pour la présente édition :
Emily Jurius, 2020
100 allée de Barcelone
31000 Toulouse

emilyjurius@hotmail.com
ISBN : 978-2-490510-07-8


**Avertissement :**

Cette œuvre comporte des scènes érotiques dépeintes dans un langage adulte. Elle vise un public averti et ne convient donc pas aux mineurs. L'auteur décline toute responsabilité dans le cas où cette histoire serait lue par un public trop jeune.

# PARTIE 1

# LA REPRISE

# Table des matières

## CHAPITRE 1

Daisy va me rendre folle, un jour, elle y arrivera. Je ne sais peut-être pas quand, ni comment ou encore moins où. Mais je suis sûre et certaine qu'elle y parviendra.
Nous ne sommes pas encore arrivées à la fac qu'elle a déjà organisée tout notre premier semestre en prenant en compte chaque évènement qu'elle imagine probable. Et le probable, ben moi, c'est pas vraiment mon truc. Je suis bien plus du genre à voir venir et à décider à l'instinct de ce que je vais faire au moment où je suis au pied du mur.
Je me concentre sur le paysage qui défile, mélange de champs et de petits villages qui nous éloigne de chez nous et nous rapproche de la liberté. Oui, parce que pour moi, l'université, ça rime avec liberté. Ici, plus de parents à charge, plus de petit ami minable, de job tout naze et de cancans ras les pâquerettes. Non, Dartmouth, c'est le rêve de ma vie. Enfin celui de ma vie étudiante qui, déjà, va me changer radicalement de ma vie au Kansas et qui va surtout m'ouvrir les portes sur un avenir loin de chez moi. À 1412 miles pour être précise. Soit un voyage de vingt-quatre heures avec deux pauses pipi.
Mais Daisy et moi avons tout prévu, nous conduisons cinq heures chacune de façon à nous reposer entre chaque session de conduite et à ne pas faire de pauses. La faute à qui ? Ben à la mère de Daisy qui, une fois de plus, nous a bien pourri la vie. Cette mégère n'accepte pas que sa fille ainée quitte le domicile familial et parte vivre sa vie loin d'elle et de sa sœur. Mais ma meilleure amie a le cœur sur la main, alors évidemment, sa mère en profite. Toujours.

Ma meilleure amie et moi nous connaissons depuis de nombreuses années, nous avons grandi dans un petit village du Missouri appelé Wellsville, le genre de bled où tu partages ton temps entre l'école et l'ennui.
Sauf que Daisy et moi avions un plan. À sept ans déjà nous savions ce que nous voulions faire dans la vie. Elle voulait étudier la littérature et devenir éditrice. Moi je voulais devenir journaliste et mener des enquêtes. Et il m'en a fallu du courage pour ne pas baisser les bras. Parce que niveau investigation, Wellsville, c'est pas vraiment le berceau du scoop. Mais j'ai travaillé dur, et elle aussi. Alors quand nous sommes entrées au lycée, nous nous sommes fait la promesse de postuler ensemble, de travailler ensemble et de réussir ensemble.
Chaque soirée passée à étudier, chaque examen passé à stresser pour l'autre autant que pour soi, c'est un peu notre peine commune. Parce que pour deux gamines livrées à elles-mêmes, notre rencontre a été le plus beau moment de notre vie.
Je me souviens encore de cette rentrée au CP où je ne connaissais personne, dans cette nouvelle ville où mon père venait juste de me traîner. Maman ayant depuis très longtemps déserté le foyer, il a voulu se rapprocher de sa famille et de mes grands-parents. Ce que je ne savais pas en débarquant, c'était que grand-père allait laisser une famille illégitime en gage de cadeau d'adieu et que papa allait devoir tellement travailler pour leur verser leur part d'héritage, que finalement je ne le verrai presque jamais jusqu'à ce que lui aussi, il disparaisse.
Résultat des courses, à douze ans, j'ai été officiellement déclarée comme orpheline et ma grand-mère a hérité de moi.
S'il n'y avait pas eu la somme que l'état s'est senti obligé de lui verser, je crois qu'elle m'aurait chassée.

Mais ça nous a permis à toutes les deux de survivre durant les six années qui ont suivies. Et voilà que maintenant que je m'en vais, que je suis libre, mamie me joue du violon. Paraît-il qu'il est de mon devoir de veiller sur elle et de lui filer du fric. Ben tiens, c'est commode maintenant qu'elle sait que j'ai obtenu une bourse maximum pour mes études à Dartmouth. Sauf que cet argent, j'en ai besoin moi. Et son pseudo chantage ne fonctionne pas sur la dure à cuire que j'ai toujours été.
Je secoue la tête en repensant à la comédie qu'elle m'a faite pour que je lui verse une rente mensuelle. Sauf qu'elle peut bien aller se faire cuire le cul si elle croit que je vais débourser un centime pour elle. Je n'ai d'ailleurs pas hésité à lui faire du chantage à propos de ma maison qu'elle occupe gratuitement et qui selon la loi, m'appartient en totalité à ce jour. Merci papa, t'as bossé à en crever mais j'ai une vieille ferme à Kansas city. Youpi !
J'aurais tellement aimé ne pas avoir un sou, ne jamais avoir mis les pieds dans cette ville et que tu sois encore à côté de moi papa. Et en même temps, si nous avions fait ça, alors jamais je n'aurais rencontré Daisy. Alors puis-je réellement être dans le regret ? Non, je ne crois pas. De toute façon, ça ne servirait à rien, il faut avancer quoi qu'il en coûte.
Et puis, on a passé tellement de bons moments. Nous avions six ans et presque toutes nos dents quand Daisy, la tornade blonde aux cheveux longs et aux taches de rousseur, est venue se poster devant ma petite table double pour me demander, avec son cheveu sur la langue et ses nattes de chaque côté de la tête, si je voulais bien d'elle à côté de moi. Je n'ai pas répondu car j'étais plutôt du genre sauvage à l'époque.
Tout son contraire à vrai dire.

Cheveux noirs, coupés au carré parce que papa n'avait pas de temps à perdre, regard dur et peau diaphane, presque transparente. Je n'avais même pas la chance d'avoir des grains de beauté ou autres étrangetés pour me démarquer. Non, moi j'étais bien en avance sur mon époque, j'étais gothique sans même le savoir. Et je faisais la gueule à temps plein. Ce qui n'a pas dérangé Daisy qui m'a tendu la main sous le nez en insistant lourdement pour que je la serre. Ses yeux bleus aussi clairs que les miens sont noirs et son sourire aussi franc que mes idées à moi étaient sombres.

Le duo de choc, c'est ce que nous avons immédiatement été. Les profs nous surnommaient Tic et Tac, quelle bande de gros nazes. Mais même cette allusion peu flatteuse la faisait sourire.

Et maintenant que nous traversons Cleveland, elle continue à s'émerveiller devant chaque petit détail insignifiant. Alors que je fais mine de dormir.

— Tu sais que je sais que tu fais semblant, hein ?

À croire que même ça, je le fais mal. Pourtant, je jure avoir veillé à garder les yeux fermés à chaque fois qu'elle tournait la tête vers moi. Peut-être que si je ne bouge pas, elle finira par baisser les bras.

— Bethany Burke, je dors à côté de toi depuis maintenant douze ans, alors je sais quand tu dors et là, tu ne dors pas.

Sa petite voix de crécelle et l'accent du sud qu'elle tente d'effacer pour adopter un parler plus neutre me font sourire. Je suis grillée. Mais je joue le jeu jusqu'au bout. Et je m'étire en baillant.

— Mouais mais qu'est-ce que tu as encore ?

— J'ai envie de te parler. Et de te montrer ça.

Elle sourit et tout en tenant fermement le volant me désigne du doigt son côté de la voiture. Et oh surprise. Le lac Erie est à notre gauche, une étendue d'eau absolument sublime. C'est magnifique.

Une vue à couper le souffle. De l'eau calme et bleu marine à perte de vue. Nous longeons le lac et bien que je l'ai repéré sur la carte lors de notre mise au point avant le départ, je n'avais aucune idée de la beauté du spectacle.
Ah oui, j'oubliais, ma mère, quand elle nous a abandonnés , m'a quand même laissé un message avant de partir. Elle avait écrit sur un ticket de caisse de supermarché.

*Je dois partir ma chérie, la mer m'appelle.*
*Mais papa veillera sur toi, il est bien meilleur que moi pour ça.*
*Je t'aime.*
*Maman*

Et comme je n'avais que cinq ans, j'ai d'abord été forcé d'apprendre à lire très très vite et toute seule. Puis j'ai développé une passion pour la mer, les étendues d'eau et tout ce qui peut appeler au voyage. Comme si le secret de son départ allait m'être révélé juste en m'approchant de l'eau.
Pathétique ? Peut-être. Mais il ne me reste que ça d'elle. Ça et l'absence.
Alors…
J'ouvre les yeux et j'admire. En silence.

## CHAPITRE 2

Premier jour de cours, rien d'anormal mais je suis contente de retrouver notre chambre universitaire en début de soirée. Daisy et moi n'avons qu'un seul cours en commun. C'est la littérature anglaise. Elle m'y a presque obligée, prétextant que si ma vocation de journaliste d'investigation tombait à l'eau, je pourrai toujours écrire un bouquin et elle me publiera. Parce qu'elle est persuadée que je suis une écrivaine de génie. Juste parce que j'avais de super notes en dissertations. Ce qui n'est pas franchement surprenant étant donné que j'ai passé environ 72% de ma vie à travailler ou réviser. Oui j'ai compté. Parce que je dors peu et que je n'ai absolument aucun hobby. Je ne regarde pas la tété, je ne sors pas avec des amis, je n'ai pas de petit ami. Enfin pas depuis Josh et honnêtement, je l'avais bien choisi celui-là, il était exactement le prototype idéal prêt à me dépuceler sans aucun état d'âme. Un QI d'huitre et une capacité émotionnelle proche du néant. Il m'a allongée, a trempé son biscuit et environ vingt-neuf secondes plus tard, j'étais officiellement une femme et il s'est désintéressé de moi. Il était donc parfait.
Aucun engagement, aucune perte de temps superflue et une prestation aussi minable que ce à quoi je m'attendais. Mais j'avais résolu mon problème numéro un avant d'entrer à la fac. Bizarrement pour une fille du Kansas sans argent, je n'ai jamais été inquiète de réussir à financer mes études pour me sortir de cette merde dans laquelle j'étais née.
Mais ce qui m'effrayait le plus était de ne pas paraître comme les autres. Alors j'ai adopté un look plus en accord avec mon âge, j'ai mis en avant ma poitrine, mes fesses rebondies et je me suis forcée à sourire.

De cette façon, Josh a mordu à l'hameçon très rapidement et je me suis sentie rassurée. D'ailleurs, après lui, j'ai quand même renouvelé l'expérience avec Matt, Eric et Karl. Ce qui n'était pas du tout du goût de Daisy. L'indécrottable romantique qui a tellement passé de temps à lire des romans d'amour qu'elle croit encore au prince charmant. Pourtant, elle devrait bien savoir, avec la vie qu'elle a eue, que les contes de fées, ben ça reste des contes pour les fées. Et que malheureusement, nous n'en sommes pas, des fées. Depuis mes petits coups vite faits elle m'a cataloguée et j'ai du mal à la convaincre que le sexe pour le sexe c'est pas si mal. Et le fait que notre résidence universitaire soit mixte la dérange énormément. Alors que moi, ça me va.
Enfin sauf quand je suis épuisée, que le mec d'à côté fout sa musique à fond et que j'entends les basses résonner dans mon cerveau. Daisy retire son casque insonorisant quand elle m'aperçoit.
— Alors racoooonte….
Je me laisse tomber sur mon lit de façon théâtrale et lui tends mes pieds pour qu'elle m'aide à retirer mes énormes bottes en cuir. Ce qu'elle fait en les balançant par-dessus son épaule avant de venir s'allonger sur mon lit à son tour. Toutes les deux, fixant le plafond de cette chambre, nous restons quelques secondes à écouter la cacophonie de l'autre abruti avant de reconnecter. Puis j'expire lourdement et me reprends.
— Plutôt cool. Je me suis inscrite au journal de la fac. Apparemment, il va falloir que je fasse un essai. Ils vont m'envoyer un sujet par mail et je dois pondre un article en quarante-huit heures. Le mec avait l'air de penser que peu de première année sont capable d'obtenir une place. Mais bon, ça va le faire.
— Et comment tu es sûre que ça va le faire, comme tu dis ? Tu vas coucher avec lui ?

Elle prépare déjà son argumentaire mais je lui coupe l'herbe sous le pied et pose ma main sur sa bouche.
— Parce que vu ce que les deuxièmes et troisièmes années écrivent, je pense que ça devrait le faire. Regarde !
Je lui tends le journal du jour et glisse mon doigt sur un article et son auteur. Elle plisse les yeux et commence à le lire.
— Pourquoi tu ne mets pas tes lunettes Daisy, nous ne sommes que toutes les deux ici.
Ma coloc, meilleure amie, est myope et astigmate, elle porte des lunettes depuis sa naissance et voilà qu'elle vient de décider que par coquetterie, elle ne les porterait pas à la fac, là où nous allons devoir travailler le plus de toute notre vie, allez comprendre.
— Je m'habitue.
— Tu es en train de bousiller tes yeux oui. Prends rendez-vous pour des lentilles si tu ne veux plus les mettre mais pitié, ne fais pas cette grimace devant moi. Tu fais presque peur.
Piquée au vif sur son apparence, elle les enfile et finit par jeter le journal par-dessus son épaule.
— Ok donc ça, c'est dans la poche. Mais on a encore un problème. Est-ce que tu as remarqué que le campus ne parle que d'une seule chose du matin au soir ?
Je refais le bilan de ma journée et en dehors du mec du journal, je n'ai adressé la parole à personne. Pas étonnant que je n'ai aucune idée de ce qu'elle peut bien vouloir me dire.
— Attends, t'as même pas remarqué ? Tu sais que parfois tu me désespères, Beth ?
— L'inverse est tout aussi vrai Dais'.
Elle fait une grimace, rajuste ses lunettes qu'elle a enfin décidé de porter, sur son nez et me sourit.

Je ne saurais dire laquelle de ses mimiques j'aime le plus mais ce qui est certain c'est que peu importe ce qu'elle va me raconter, j'aime déjà notre nouvelle vie, juste elle et moi, sans personne pour venir perturber notre équilibre. Exit la mamie grincheuse et sa mère démoniaque. Ici, il n'y a qu'elle et moi.

— Les Dartmouth Big Green ! Les Dartmouth Big Green !

Je secoue la tête de gauche à droite, incrédule.

— Ben les sportifs Beth, les sportifs !

— Et tu vas tout répéter deux fois au cas où je ne comprendrai pas la première fois, c'est ça ? Non parce que je ne vois toujours pas le rapport. On savait qu'il y avait des sportifs ici, ce n'est pas une surprise. On a quand même fait en sorte de choisir une fac où il n'y a aucune bourse sportive pour ne pas avoir à subir le favoritisme musculaire. Et puis, on s'en fout nous des Dartmouth Big Green, non ?

— Non, non, non, c'est pas aussi simple que ça. Parce que figure-toi que l'année dernière, ils ont gagné la National Collégiate Athlétic Association dans la catégorie basket. Et depuis, tout le monde ne parle que de ça. Alors toi et moi, va falloir qu'on étudie les règles de ce sport. Tiens regarde, je nous ai déjà déniché un ballon.

Elle me lance l'objet orange et rugueux dont je me débarrasse aussi rapidement que je ne l'aurais fait avec une fiole contenant la première souche de covid !

— Dais', si tu refais ça, je le jette par la fenêtre ton stupide ballon. Tu sais bien que je déteste ça. Et puis, si ça se trouve il a trainé partout et c'est dégueulasse.

— Pas plus que toi qui couches avec des mecs, juste pour tester. Excuse-moi mais franchement t'es gonflée Beth, niveau hygiène, t'es pas non plus irréprochable.

Tiens, ça faisait longtemps.

— Je t'ai déjà dit que je ne voulais pas entrer vierge à l'université. J'ai fait ce que j'avais à faire. Ce n'est pas ma faute si j'ai trouvé ça plutôt sympa et que j'ai eu envie de retenté l'expérience, non ?
— Oh mais ce n'est pas ça qui me pose problème. Ce qui me dérange, c'est que ça soit à chaque fois avec un mec différent que tu tentes. C'est pas très sain comme façon de faire. Je te rappelle que j'ai dû consoler Matt qui n'avait pas encore compris que t'étais une pauvre tache.
— Sympa la copine. Je te remercie de m'insulter alors que je viens de terminer ma première journée de fac. Dois-je m'attendre à ça tous les soirs ?
— C'est toi qui a commencé. On doit en apprendre plus sur le basket. Et tu vas m'aider. Je ne me taperai pas tout le boulot. Alors ce soir, on glande mais demain, on va voir un entrainement.
— Hors de question que j'aille perdre mon temps dans des gradins.
— Alors vendredi soir, on va au match. Et en attendant, on potasse un peu les règles. Deal ?
De toute façon, elle va me souler jusqu'à ce que j'accepte alors autant capituler rapidement, je gagnerai du temps. Et puis, il faut savoir choisir ses combats et là, clairement, je cède. Ce n'est pas important du tout.
— Deal !
Son sourire ne me fait même pas regretter ce que je viens de lui accorder. Je soulève mon bras pour le passer sous ma nuque mais le stress de cette première journée se rappelle à moi avec un relent de transpiration qui émane de mon aisselle. Eh oui, je suis humaine après tout. Allez demander aux joueurs de baskets s'ils sentent la rose après avoir fait joujou avec leur baballe. Ça m'étonnerait. Je me redresse sur le lit et me déshabille en vitesse. J'enfile mon peignoir et empoigne ma trousse de toilette avant d'aller aux sanitaires. Mon amie panique.

— Attends-moi. Je ne veux pas y aller seule et je ne suis pas prête.
Hier soir alors que nous prenions notre première douche dans une salle de bains mixte, un mec a passé la tête dans son box et elle a bien failli en faire une syncope. Voilà pourquoi je voulais me débarrasser de cette pudeur avant la fac, elle se traîne sa virginité comme une pancarte accrochée autour du cou. J'ai de la peine pour elle. Et en même temps, je la comprends aussi. Elle espère rencontrer un mec bien et vivre une belle histoire, c'est son droit. Je ne partage pas son ambition et c'est aussi le mien. Mais je me dois de la respecter quoi qu'il en coûte.
Et puis la voir se dandiner comme une folle pour retirer son jean aussi vite que possible est quand même ce que j'ai vu de plus drôle aujourd'hui.
— Bon tu te presses, je veux bosser mes cours moi !
— Oui, oui j'arrriiiivve.

# CHAPITRE 3

Déjà deux semaines de passées et j'ai l'impression que nous sommes arrivées hier. Cette liberté dont nous jouissons toutes les deux depuis notre arrivée à la fac n'arrive pas à être entachée, malgré toutes les heures que nous accordons à nos révisions. Tous les midis, nous nous retrouvons pour déjeuner ensemble et je reconnais que c'est génial de savoir que je peux compter sur Daisy à tout moment. Je ne suis pas du genre timide mais j'avoue que parfois je me sens seule. Cela dit, ce sentiment devrait passer rapidement car je vais avoir une tutrice d'étude d'ici peu et ça me fera une connaissance de plus. En plus, à ce que je vois sur le document que je viens de recevoir de l'université, cette nana doit être super calée. Elle suit deux cursus en même temps. Littérature et journalisme. Je suis impressionnée et pourtant, je cumule un maximum d'heures moi aussi. Si ça se trouve, elle est comme moi, elle ne dort que très peu et profite de tout ce temps libre pour travailler et avancer sur ses cours.

Oui, j'ai hâte de la rencontrer cette E. King.

— Dis tu crois qu'elle s'appelle comment ? Emily ? Elisabeth, Esther ?

Daisy mâchouille son stylo en plissant le front sur mon dernier article que je compte bien proposer au journal de la fac en plus de celui que je dois rendre demain. Elle s'obstine à ne pas porter ses lunettes et je trouve ça toujours aussi ridicule mais j'ai arrêté de lui en parler ; après tout, elle peut bien faire ce qu'elle veut. Je ne vais pas la harceler comme sa mère l'a toujours fait. Non, ça jamais !

— J'en sais rien, mais on la rencontre bientôt non ?

— Je crois mais je n'ai pas de date précise. La seule chose que la nana des admissions m'a dit, c'est que notre tuteur saurait où nous trouver puisqu'on lui a communiqué notre numéro de chambre. J'étais tellement contente d'avoir la même que toi que j'ai pas posé plus de questions.
Daisy sourit et se pince la lèvre inférieure.
— Si ça se trouve on va devenir super copine. Et puis ça ne nous fera pas de mal de nouer une relation. J'accroche pas du tout avec les filles de mon groupe de lecture.
Là, je rigole franchement, elle a pris une option romance médiévale en plus de ses cours. Tu m'étonnes qu'elle n'accroche pas. Qui lit ça, sans rire ?
— Si tu veux mon avis, tu ne mises pas sur les bons chevaux ma poule.
Elle se redresse et prend un air offensé. C'est parti…
— Ah oui parce que toi, tu mises sur les bons peut-être ? Tu crois que je ne t'ai pas entendue te barrer en douce l'autre soir pour aller rejoindre un mec qui, d'ailleurs, n'a pas dû être très performant. T'es rentrée à peine trente minutes plus tard.
Grillée.
— Quand on sait ce qu'on fait, on n'a pas besoin de deux heures.
— C'est ça, rigole. Je mise sur des relations qui vont m'apporter quelque chose, et par quelque chose, je ne parle pas de MST.
Je lève les bras en signe de reddition.
— Ok, ok, le message est passé. Tu aurais préféré que je le fasse venir ici ?
J'enfile mes bas et les remonte sur mes cuisses avant de les fixer avec la bande adhésive sur ma peau. J'adore sentir le tissu soyeux qui caresse mes jambes, c'est super agréable. Et ce que j'aime le plus, c'est le contraste entre ma lingerie fine et mes grosses Doc Martens.

— Certainement pas. Et je ne comprends pas que tu l'envisages. Ici, c'est notre havre de paix, dit-elle en désignant notre chambre avec de grands gestes. Un endroit réconfortant et chaleureux, notre cocon à nous. Tu n'auras le droit d'amener quelqu'un que le jour où tu auras de vrais sentiments. Et ça vaut aussi pour moi. Pas question de me présenter tes coups d'un soir. Si ce n'est pas sérieux, je ne veux rien savoir.

Je mime un haut-le-cœur grâce à mon index placé stratégiquement dans ma bouche et rigole en voyant sa mine défaite.

— Arrête un peu tu veux, un jour tu vas forcément rencontrer un homme qui changera les choses. Et ce jour-là, alors je serai très heureuse que tu me le présentes. Mais avant, véto !

— Ben c'est pas près d'arriver si tu veux mon avis. Parce que pour le moment, je n'ai pas le temps pour ça. Et encore moins l'envie. Quand je vois comment tu baves devant tes romans à la con, tu ne risques pas de me donner envie de croire en ce genre de choses. Le cœur, ça ne sert qu'à pomper le sang, rien d'autre. Les hormones tentent de te faire croire le contraire, mais si tu réfléchis un peu, tu verras que j'ai raison.

Elle se bouche les oreilles pour ne pas entendre la fin de ma phrase. De toute façon, je ne sais pas pourquoi je continue à discuter avec elle, ça n'a jamais fonctionné jusque-là, aucune raison que ça change. Tout comme moi d'ailleurs.

— Bon t'as fini ? me demande-t-elle en débouchant ses oreilles.

— Oui mais fais attention, les hommes ne sont pas tous de preux chevaliers. Et avec les exigences que tu attends, tu pourrais bien être déçue.

Ma mise en garde manque de délicatesse mais elle traduit une réelle inquiétude à son sujet. Je ne veux pas que mon amie souffre mais avec de tels espoirs, aucune chance qu'elle y coupe, la pauvre.
— Si c'est le cas, je pourrai compter sur toi et ton cynisme. Mais en attendant, ma virginité et moi allons en cours, tu viens ?
La porte grande ouverte, je lui emboite le pas, évidemment un groupe de mecs a tout entendu et nous reluque. J'imagine bien ce qu'ils se disent.
*Tiens les premières années squattent la salle commune.*
Pas de stress messieurs, nous ne faisons que passer. Nous ne comptons pas moisir ici de toute façon.

## CHAPITRE 4

Je reconnais qu'il y a une sacrée ambiance quand même. La foule est survoltée et le bruit est assourdissant. Tous portent les couleurs de Dartmouth et malheureusement pour moi, le vert ne me sied guère. Cela dit, j'ai quand même un drapeau entre les mains et Daisy en a un aussi. Un mec nous les a filés dès notre arrivée et nous avons pris place autour du terrain, après qu'il a insisté pour nous vendre un abonnement annuel. Je trouve ça carrément ridicule mais il a bien vu que nous étions des premières années et nous a mis la pression. Daisy a craqué immédiatement et son air enjoué a fini de me convaincre. Avec les réductions étudiantes, le tarif était selon toute proportion assez intéressant, j'ai donc accepté aussi. Je ne me voyais pas la laisser affronter cette foule en délire toute seule de toute façon et puis il y a pas mal de beaux gosses autour de nous.

La musique retentit, des pom-pom girls se déhanchent et les joueurs arrivent enfin. Leur tenue est ridicule. Je suis désolée mais leur short est trop long et pourquoi ne pas porter un tee-shirt à leur taille ? Et puis, ils vont devoir se frotter les uns aux autres, et la transpiration des aisselles de son adversaire, beurk. Ils auraient dû porter des manches, parce que là, c'est crade.

Mais ce n'est pas le pire, Daisy et moi sommes allées voir les règles de base sur internet. Nous savons donc que chaque joueur ne peut pas faire plus de 2 pas avec le ballon sans dribbler et qu'une fois arrêté, il n'a pas non plus le droit de repartir en dribblant.

Donc soit il fait une passe, soit il tire.

Ça c'est la partie théorique mais dans les faits, ça va tellement vite que je n'ai pas le temps de vérifier si tout ceci est respecté.

Il y a d'ailleurs pas mal de monde autour du terrain, tous portent des maillots de différentes couleurs et je me demande s'ils surveillent ce genre de détails. Ah oui, parce que ce qui reste le plus drôle à mes yeux, c'est que le contact de deux joueurs est interdit mais ils se rentrent dedans en permanence donc…

Daisy se penche vers moi et hurle dans mon oreille.

— Tu comprends quelque chose ?

J'éclate de rire devant ses yeux et son front plissés. Entre le manque de lunettes et le bruit, elle doit être encore plus larguée que moi.

— Absolument rien. Je me demande encore ce qu'on fait là !

Elle me tape sur l'épaule et fait une grimace supplémentaire.

— On tente de s'intégrer.

— Ouais ben si tu veux mon avis, on ferait mieux de s'inscrire chez les pom-pom girls parce que niveau basket, c'est sacrément compliqué.

Le groupe de trois mecs assis juste à côté de nous ne rate rien de notre discussion. Il y a un grand blond plutôt canon qui me sourit depuis le début et il saute sur l'occasion.

— C'est pas si compliqué les filles, vous savez ! Mais je vote pour les pom-pom, hein les gars ?

Il échange de place avec son pote et se retrouve donc collé à moi. Debout, quand tout le monde se lève, il est bien plus grand que moi et quand nous nous rasseyons, sa cuisse frôle la mienne. Il a les yeux les plus bleus que je n'ai jamais vus. Ils me font immédiatement penser à l'eau d'un lagon.

Sa peau bronzée et son tee-shirt moulant lui donnent un côté « mec de salle de sport » mais j'aime assez et si j'en crois la bosse sous son jean, il peut être intéressant.

Aussi, je le laisse m'expliquer les règles de ce sport dont je n'ai que faire et je ris comme une bécasse quand il me crie un truc dans l'oreille. Daisy, quant à elle, pianote sur son téléphone pour tenter de comprendre les règles et je la soupçonne de prendre des notes.
De mon côté, à la mi-temps, mon voisin est de plus en plus entreprenant et je flirte avec plaisir. Ses bras tatoués et musclés me donnent des idées pour la fin de soirée. Quant à ses lèvres charnues, je croquerais bien dedans. Et mon regard le lui fait bien comprendre.
— Mesdemoiselles, messieurs, un tonnerre d'applaudissement pour nos héros du jour !!!!
Le speaker hurle dans son micro et tout le monde se lève pour laisser entrer les rois du parquet. Nous ne sommes pas très près du terrain mais tous paraissent vraiment immenses. Leurs noms défilent sur un écran géant et à chaque fois qu'un joueur avance, la foule crie son nom. Daisy et moi nous contentons d'applaudir alors que mon futur amant hurle à pleins poumons. Quand je fais signe à mon amie pour savoir ce qu'elle pense du physique de Joshua, elle lève les yeux au ciel. Et refuse de mater son gros paquet que je tente de lui montrer au milieu du vacarme.
Je vous ai déjà dit à quel point j'aime la faire enrager ?
Les noms de tous les joueurs s'affichent à nouveau sur l'écran et ils s'alignent sur le terrain en fonction de leur place respective. Je ne sais dire pourquoi mais quelque chose m'interpelle dans leurs noms. Pourtant, j'ai beau les observer attentivement, je n'en connais aucun. Une impression de déjà-vu peut-être.
Le match reprend et les joueurs transpirent de plus en plus. Le ballon rebondit au sol, les souffles se coupent, les points défilent et je commence à m'immerger dans ce sport qui semble tenir en haleine toute notre université.

Même Daisy saute de joie quand nos Dartmouth Big Green remportent le match. Joshua profite de l'euphorie collective pour me peloter et le contact de sa peau contre la mienne fait son petit effet. Me voilà donc avec un rencard pour la fin de soirée. Je vais quand même rentrer avec Daisy et je le rejoindrai plus tard. Il s'est déjà vanté de vivre dans la fraternité la plus proche de chez moi.
Alors que je range mes cours pour le lendemain, Daisy se met au lit et moi, je quitte le nid en quête d'un peu de passion. Pourvu qu'il sache faire fonctionner son engin !

# CHAPITRE 5

## LA RENCONTRE

Je suis le genre de fille qui aime se lancer des défis et ce soir, je veux me coucher tôt donc j'attends que Joshua ait retiré sa capote et soit parti la jeter dans la salle de bains. Je profite de sa courte absence pour renfiler mes sous-vêtements et je flâne sur son lit. Il s'allume un joint et je refuse de tirer dessus. Mentalement je suis déjà en train de compter le nombre de minutes qu'il mettra à s'endormir avant que je ne me barre en vitesse.
— Viens par-là bébé.
Il tire sur mon bras avec le peu de délicatesse dont il est capable et manque de me déboiter l'épaule. Aïe, ça fait mal ! Et puis à quel moment il s'est autorisé à m'appeler « bébé » ? Il vient de me baiser comme un sauvage et voilà qu'il me balance un « bébé ». Je ne comprends décidément rien aux hommes. Ils prétendent que les nanas sont compliquées mais quand on est du genre super facile et sans prise de tête, ce sont eux qui en font des tonnes. Enfin, Joshua est clairement du genre collant. Et je déteste ça. Aussi, je baille, je le laisse me serrer contre lui et quand sa respiration ralentit, je saute du lit, enfile ma jupe courte, mon pull et j'ouvre sa porte avec douceur tout en jonglant avec mes grosses bottes. Je sors à peine que je sautille pour les enfiler et alors que je pose un pied pour accéder à l'escalier je percute une surface dure, chaude et sonore.
— Putain mais tu peux pas reg…

Moi qui faisais la maline avec mon défi de fuite discrète et rapide, je viens de tomber sur un mec, torse nu en plein milieu du couloir et à voir comment il hurle, je sens bien qu'il va réveiller toute la maison. Je relève mes yeux et découvre qu'il porte un pantalon de jogging bas sur ses hanches. Il est gris foncé et il semble propre. Oui, ça a son importance, je rappelle que je suis dans une baraque de mecs et que le couloir aussi est propre. Il est pieds nus, il ne pourra donc pas me courir après, ce qui m'arrange au cas où Jojo le super costaud se réveillerait. Puis je tombe sur une musculature dessinée mais moins opulente que celle de son pote. À vrai dire, il est beau, enfin je veux dire bien fait. Sans trop en faire mais avec quand même un capital génétique qui pourrait être intéressant.

— Chut, parle moins fort Superman !

Je chuchote mais quand je croise son regard, j'y vois une vague. Une immense vague même. D'un bleu profond et orageux. Pas le lagon, ni les jolis poissons, non, là il y a les ténèbres et la profondeur. Et aussi, un sourire en coin qui reluque sans aucune pudeur mon décolleté, ma jupe qui volette sur mes bas et mes docs encore ouvertes.

— Dis donc Cendrillon, prends le temps de mettre tes souliers sinon tu vas te vautrer.

Et ça le fait rire. Je rajuste mon haut, enfonce mes talons dans mes bottes et hausse le menton pour me donner une certaine contenance. C'est lui qui est à moitié à poil mais c'est moi qui suis sur la sellette bizarrement.

— T'es un rigolo toi.

Il observe les portes du couloir où il y a quatre chambres, toutes fermées exceptée la dernière et il sourit.

— Ben je ne sais pas avec qui de Jo ou Stu tu étais mais visiblement, il n'a pas dû être performant pour que tu t'enfuis en courant Cendrillon. Ou alors est-ce ton carrosse qui va se transformer en citrouille ?

— Quand on sait ce qu'on fait, on n'a pas besoin de deux heures mec !
Même réponse que pour Daisy, les prolongations, c'est pas mon truc. Je ne vais pas m'en excuser. Il lève un sourcil et son sourire s'élargit. Je vois ses dents blanches parfaitement alignées et je me dis à cet instant qu'avec ses cheveux bruns, son teint aussi blanc que le mien et ce sourire en coin, il fait sacrément malhonnête ce type. Aussi, je recule d'un pas et empoigne la rambarde de l'escalier.
— Ça c'est ce que croient les filles qui n'ont jamais connu le nirvana. Parce que crois-moi, quand tu le fais vraiment bien, t'y reviens !
Puis il me décoche un clin d'œil et file vers la porte restée ouverte d'où une voix langoureuse s'échappe quand il entre. Il est vrai que la nana qui était là-dedans avait l'air de miauler rien qu'en le voyant. Pour autant, demain j'ai du boulot, je ne traîne pas en route.
L'air glacial me fouette le visage et alors que je traverse la rue pour regagner mon bâtiment, j'enfile le sifflet anti viol autour de mon cou et je trottine pour me réchauffer. Le sifflet entre mes lèvres, je cours et monte les marches de mon escalier en trottinant. Je fais un crochet par la douche pour me délasser et je m'effondre sur mon lit sans avoir pris le temps d'enlever mon peignoir.
— Oh crotte, Beth, bouge-toi ! Vite !
À peine ouvré-je un œil que je découvre Daisy en alerte rouge. Elle court dans tous les sens et se débat contre son tee-shirt dont elle tente d'enfiler une manche avec sa tête. Je me redresse et observe la pièce.
— Qu'est-ce qu'il se passe ? Mon réveil n'a pas sonné ou quoi ?
— Pire ! Il est là !
J'ai dû rater un épisode parce que je ne comprends absolument rien.

Je hoche la tête de gauche à droite et elle se poste face à moi. Elle chuchote.
— Notre tutrice tu te souviens ?
— Oui, notre tutrice. Emily King oui.
— C'est pas Emily mais plutôt Emilio parce que c'est un mec et il attend derrière cette porte pour nous rencontrer. Alors à moins que tu ne veuilles l'accueillir en peignoir, je te conseille de te bouger.
Oh merde, vite, une robe, il me faut une robe parce que ça s'enfilera plus vite. Je balance le peignoir dans un coin, je mâchouille un chewing-gum qu'elle me tend et j'enfile ma robe moulante en laine. Pas de culotte, pas de soutif, juste la robe, ça fera l'affaire à condition qu'il ne fasse pas froid sous peine de pointage de téton. De toute façon, il ne va pas rester toute la journée, non ?
— C'est bon Beth, je peux le laisser entrer ?
Je ne considère pas avoir vraiment le choix mais je hoche la tête positivement et elle ouvre.
— C'est bon, nous sommes prêtes.
Elle se tient droite et laisse entrer le fameux tuteur qui aurait dû avoir un vagin et des trompes de Fallope selon nos pronostics mais qui s'avère avoir plutôt une jolie tignasse brune et un regard que je reconnais immédiatement.
Merde, le mec d'hier soir. Le coloc de Jojo le costaud. Celui qui fait miauler les filles sans même les toucher. Merde, merde, merde !
Il sourit à Daisy qui semble super intimidée. Tu parles, il doit mesurer deux mètres, possède un regard électrique et un sourire émail diamant qui ferait ravaler son dentier à ma grand-mère.
— Alors voici donc le duo le plus prometteur de cette promotion ! J'ai entendu beaucoup de choses sur vous deux, les petites nanas du Kansas qui ont des dossiers aussi fournis que mon carnet d'adresses.

À ces mots, Daisy ravale sa salive et moi je lève un sourcil. Il nous teste, rien de plus. Mais ni l'une ni l'autre ne tomberons dans son piège. Après avoir pris le temps d'observer ma meilleure amie qui rougit de la tête aux pieds, il se tourne vers moi.

— On s'est déjà croisé non ?

Ah il veut jouer à ça, parfait. Une bonne poignée de main en avant et je gonfle ma poitrine, c'est parti.

— Non, je ne crois pas. Je me présente Bethany Burke. Je suis en journalisme.

— Je sais. Et donc tu dois être Daisy, dit-il en se tournant vers ma coloc après m'avoir broyé la main dans un contact si brusque que mon bras entier me fait souffrir à présent.

Il semble plus délicat avec elle, même si elle grimace dès qu'il lui tourne le dos pour aller sans aucune gêne s'installer sur son lit avant de nous toiser toutes les deux.

— J'ai récupéré vos numéros et je vous fixerai un rendez-vous hebdomadaire chacune pour qu'on avance ensemble sur votre parcours. Alors bossez et ne soyez pas en retard, je n'aime pas perdre mon temps, ok ?

Il n'attend pas de réponse et ça tombe bien, son air suffisant m'agace déjà. Puis sans un mot, il se lève, quitte notre chambre et claque la porte après avoir lancé un :

— À plus les Kansas girl !

Alors que l'air devient à nouveau respirable, Daisy ouvre la fenêtre faisant entrer un vent glacial et moi je file vers la commode pour enfiler une culotte.

— Et dire que je voulais m'en faire une super amie !

Nous avons prononcé ces mots en chœur et son désarroi à cet instant n'a d'égal que le mien.

## CHAPITRE 6

Une dernière touche de crayon sous mes yeux, de mascara sur mes cils et me voilà prête. Je n'arrive pas à me l'expliquer mais cet entretien avec E. King me met dans tous mes états. Ce mec à un regard si sombre et si percutant que ça en devient embarrassant à chaque fois. Et puis, le moins que l'on puisse dire, c'est qu'il n'est pas très affable, ni même très avenant. Il s'est contenté de m'envoyer un texto avec un lieu et un horaire.
Super, je sens que ça va être une partie de plaisir.
— Dépêche-toi Beth, ne sois pas en retard pour ton premier rendez-vous. Il n'aime pas ça. Il me l'a dit au moins 3 fois hier.
Daisy me met en garde car elle a eu son entretien un jour avant le mien et en est revenue très silencieuse. Je crois qu'il lui a fait une grosse impression. Cela dit, s'il connaît les mêmes bouquins qu'elle et qu'il lui a fait une démonstration, pas étonnant qu'elle soit admirative. Elle n'a pas encore tissé de lien avec les élèves de sa promo et chez nous, à Wellsville, elle était la seule à avoir trois cartes de bibliothèque pleines à craquer.
— Je file, détends-toi.
Elle me donne une claque sur les fesses et je rajuste ma jupe sur mes cuisses avant d'ouvrir la porte.
— Essaie de ne pas lui faire peur s'il te plaît.
À mon avis, il y a peu de chance que j'y parvienne de toute façon. Il a quelque chose dans le regard qui me fout presque la trouille. Et je ne suis pas du genre poule mouillée.
Aussi, je m'active de traverser la partie Est du campus afin de le rejoindre à la bibliothèque, comme prévu.
Alors que j'arrive, il est appuyé contre une table et croise les bras en me voyant arriver.

La semaine dernière quand il a fait irruption dans notre chambre, je n'ai pas eu le temps de regarder comment il était habillé mais là, comme j'avance droit sur lui et qu'il ne se gêne pas pour me mater, j'en fais autant. Il porte un jean délavé et un tee-shirt blanc sous son blouson aux couleurs de Dartmouth. Aucune trace de tatouage, cheveux coiffés sur le côté. Ni trop sage, ni vraiment rebelle. Il est superbe. Et tiens, ses yeux virent au gris à présent.

— Si tu veux devenir une journaliste respectée, il va falloir faire attention à ton image Bethany.

Son ton est neutre mais assez tranchant. Il a une façon d'insister sur mon prénom qui me déclenche même un frisson. Du coup, je regarde ma tenue et rien ne me choque. J'y reconnais mes grosses Doc Martens en cuir noir, mes bas satinés, ma jupe courte en cuir et un pull col en V en cachemire noir. Un peu sombre peut-être, mais rien de vraiment choquant. Pour me donner contenance, je fais passer mon sac de cours devant ma poitrine et affiche mon sourire émail diamant dont je suis fière. Il n'est pas le seul à avoir une bonne hygiène dentaire.

— C'est un conseil ? Que changerais-tu à ma tenue ?

J'attrape un stylo et un bloc-notes comme si j'avais besoin de prendre des notes.

Il sourit et enfonce ses mains dans ses poches. Il me toise de toute sa hauteur et son parfum arrive jusqu'à moi. Il sent l'eau de feu. Un mélange entre une odeur marine et chaude à la fois. Je ne saurais expliquer autrement le fait de sentir les embruns de la mer tout en frôlant la combustion spontanée.

Parce que voilà, je vais devoir me rendre à l'évidence, mon tuteur est sacrément sexy et je vais devoir oublier cette idée avant même qu'elle ne germe dans ma petite tête.

Parce que ça serait une énorme erreur non seulement pour moi mais aussi pour Daisy. Et je n'ai aucune envie d'être un frein à notre réussite. Aussi, je secoue légèrement la tête pour revenir à des pensées plus studieuses.
— Dis Bethany, tu me prends pour un abruti ?
Là, j'avale carrément ma salive. Parce que je n'arrive pas à le suivre. Il semble en colère et amusé à la fois.
— Tu crois vraiment que j'accepterais de perdre trois heures par semaine pour parrainer des étudiantes sans même me renseigner un minimum sur elles ? Au cas où tu n'aurais pas toutes les infos me concernant, je fais partie de l'équipe de baskets, je suis un double cursus universitaire et je suis sorti major de chacune de mes années jusqu'ici. Plus le temps que je passe à chapeauter les étudiants prometteurs, je te laisse imaginer mon emploi du temps.
— Impressionnant.
Je le reconnais mais comme je suis major de chacune de mes classes depuis que je suis entrée à l'école, pas la peine de faire le malin comme ça. Il m'observe attentivement et se rapproche encore.
— Moi, j'ai bien fait mes devoirs et je sais que tu as une mémoire hors du commun. Tu n'as donc aucunement besoin de noter ce que nous sommes en train de nous dire pour le retenir. La preuve, tu te pointes à 7 h 30 du matin avec un sac de cours presque vide alors que tu as neuf heures de cours qui t'attendent. Où sont tes cours ? Tes bouquins ?
Je tape sur mon ordinateur qui est encore rangé dans sa pochette que je serre contre moi en gage de rempart contre l'attaque que je suis en train de subir. Si je pensais avoir du caractère, lui arrive à me déstabiliser si facilement que ça m'effraie.
— J'ai mon ordinateur et je connais déjà le contenu des livres de ce semestre mais je…

Il me coupe la parole et quelque part ça m'arrange, je ne vois pas bien ce que je pourrais répondre à ça de toute façon.
— C'est bien ce que je pensais. Alors concernant ta tenue, elle est sexy et tu as un joli corps ce qui sera indéniablement un atout pour toi. Ici ou même dans ta vie future. Aucun doute que tu sauras en faire bon usage, n'est-ce pas ?
Euh, il sous-entend quoi là ? Reste calme Bethany, il te teste, aucun doute. Adopte un ton neutre et calme, ça va le déstabiliser. Tu peux le faire.
— Tu réponds toujours à une question par une autre question ?
Là, il sourit carrément et m'observe avec encore plus d'attention. J'en fais de même et sa peau est au moins aussi claire que la mienne. Dans la famille Adams, je demande le fils le plus arrogant qui soit.
— C'est bien ce que je pensais.
Puis il se retourne et avance en direction de la bibliothèque. Je devrais le suivre mais je prends une profonde inspiration et je réfléchis. La seule chose sur laquelle j'ai toujours pu compter, c'est mon flair et mon adaptabilité. Mon cerveau est à n'en pas douter mon atout le plus complexe mais aussi le plus fiable. Je décide donc de m'installer sur cette table d'appoint et d'attendre jusqu'à ce que notre entretien soit terminé pour honorer ma part du contrat.
Mais je ne le suivrai pas, surtout sans aucune explication. Je ne suis ni sa groupie, ni son petit chien. Alors qu'il aille se faire voir.
Si je veux qu'il me respecte, je vais devoir m'imposer et ça commence maintenant. Je sais ce que je vaux et personne ne me détournera de mon objectif !
Les secondes s'égrènent pourtant et je ne vois toujours pas les portes battantes de la bibliothèque s'ouvrir.

Aussi, je lance une recherche sur mon ordinateur qui est déjà ouvert sur mes genoux. Parce qu'il a raison, j'ai une bonne mémoire et il vient de m'indiquer qu'il fait partie de l'équipe de Dartmouth, je vais donc en apprendre plus sur lui grâce à cette information.

— Bingo !

Mon Emily King est en réalité Ezéchiel King. Ezéchiel, c'est surprenant pour un prénom américain des années 2000. Alors alors, que me caches-tu, Ezéchiel King ? Je pianote son nom dans la barre de recherche après avoir trouvé sa fiche sur les sportifs de l'université.

— Double Bingo !

Cette fois-ci, je suis directement tombée sur ses réseaux sociaux. Non mais ce type est une star en fait. Il a gagné des prix dans tout un tas de concours. Il écrit même des nouvelles pour des éditeurs connus. Il joue au basket et se verrait bien intégrer une équipe pro à la fin de cette année. Et il est nouvellement célibataire après une idylle de presque un an avec la major de promo de journalisme de l'année passée. Étudiante qui ne semble pas avoir de compte sur les réseaux. Bizarre ? Cela dit, s'il cherche le mien, il va être déçu. J'en ai un officiel et 5 pirates qui me servent à mener les enquêtes que je pense être en droit de mener. Et la prochaine, ça sera lui. Je vais le traquer et finir par découvrir ses petits secrets inavouables. Il fera moins le malin tiens.

— Ah tu es là ! Tiens, lis ça pour la semaine prochaine. Et prépare-moi un article sur l'équipe de basket, ça te permettra d'apprendre les règles de ce sport et qui sait, à t'intégrer davantage. Parce que si tu crois que tu réussiras à être major de ta promo sans t'investir un peu plus, tu rêves. Ici, il n'y a pas que les notes qui comptent.

Je ne l'avais même pas vu revenir. Et je réceptionne maladroitement le livre qu'il me tend. Et que bizarrement, je ne connais pas. Un auteur anglais qui parle d'un jeu de dupe sur les apparences. On dirait un thriller. Ce n'est pas le genre de lecture que j'affectionne mais je ne veux pas le contrarier, il a plus de pouvoir que je ne le pensais alors si ça lui fait plaisir, je le lirai. Pendant que je le range dans mon sac, ainsi que mon portable, il vient s'appuyer contre la petite table, il est beaucoup trop près de moi et se penche encore davantage.
— Et quand je te dis de creuser pour en apprendre plus sur l'équipe de basket, ça ne nécessite pas que tu couches avec tous les joueurs, compris ?
Je rêve ou il vient de sous-entendre à deux reprises que je suis une salope sans scrupule qui couche pour réussir ? Et de plus, il semble ravi de sa répartie. Certainement encore un test.
— C'est noté. Mais rassure-moi. Parce que j'ai encore beaucoup à apprendre alors je voudrais être bien sûre de ne pas faire d'erreur. En tant que tuteur, tu n'as aucun droit de regard sur ma vie sexuelle, non ? Ou bien est-ce une de ces règles internes à Dartmouth ? Parce qu'il ne me semble pas que l'on m'ait parlé de ce genre de pratiques lors de mon admission. Et tu sais comment je fonctionne, j'oublie rarement les choses Ezéchiel.
— En effet, tu es libre de faire ce que tu veux, tout comme tu peux continuer à porter ce genre de tenue. C'est toi qui vois. Mais j'attends impatiemment la fin du semestre pour voir le classement de ta promo et nous en reparlerons à ce moment-là, Kansas girl !
Sans un mot de plus, il disparaît et je ne me donne même pas la peine de lever la tête pour le regarder partir. Cet échange m'a épuisée et j'ai du boulot pour la semaine avec tout ça.

## CHAPITRE 7

— Mais dis donc, tu vas où comme ça ? Et avec qui ?
Je ne crois pas avoir déjà vu Daisy se pomponner autant avant de sortir. Elle a essayé ses 3 robes, puis ses jupes et a même tenté d'enfiler une des miennes. Et ça, ça a réussi à me faire lever le nez de mon écran.
— J'ai un rencard, je te l'ai dit.
— Oui mais tu n'as pas dit où ni même avec qui.
Ma mémoire, toujours là au bon moment ! T'es cuite Daisy.
— Parce que je n'ai pas envie de le dire.
Tiens, des cachotteries. Ma meilleure amie serait-elle en train de grandir ?
— D'accord mais sois prudente alors. J'ai besoin de savoir que tu es en sécurité et que tu ne fais pas n'importe quoi sinon je vais paniquer. Et par pitié, ne crois pas tout ce qu'il te dit. Les hommes ne sont pas connus pour leur grande honnêteté.
Elle ricane devant son miroir et se peinturlure les lèvres de rouge.
— C'est l'investigatrice de talent ou ma meilleure amie qui parle ? Et tu pourras m'envoyer cette étude hautement crédible sur l'honnêteté des hommes que je la lise, s'il te plaît ?
Je me redresse et claque l'écran de mon ordinateur. Elle veut du répondant, elle va en avoir.
— Alors d'abord quand je parle avec toi, c'est toujours ta meilleure amie, ce n'est pas ma faute si je suis brillante quand même, non ? Et puis, cette étude est basée sur l'expérience de millions de femmes à travers le monde, ça s'appelle l'histoire ! Regarde combien d'hommes mentent, abusent et tuent pour obtenir ce qu'ils veulent.

— T'es au courant que je sors dîner, pas mener une guerre ?
Elle n'a pas tort et puis la connaissant, elle doit avoir rencard avec un gentil. Enfin j'espère.
— Parfait, alors je vais en profiter pour sextoter à mort avec ce type trop craquant qui vient vérifier l'entretien du bâtiment. Tu sais celui qui a une grosse…
— Oui je vois très bien, pas la peine de t'étendre… Mais je croyais que tu n'avais pas envie de le revoir ?
— Exact mais des sextos, ça compte pas vraiment, non ?
Elle lève les yeux au ciel, enfile mon écharpe et quitte notre chambre après un dernier coup d'œil dans le miroir.
Je passe l'heure qui suit à relire mes notes sur le ressenti lecture du troisième bouquin que mon tuteur m'a demandé de lire en plus de mon travail scolaire. Ensuite je l'enverrai à Ezéchiel et je me demande vraiment si je ne ferais pas bien de lui rappeler que je veux devenir journaliste d'investigation et non politicienne. Chaque lecture semble aller vers la manipulation et les règles de la communication publique. Elles sont certes intéressantes, elles ne collent pas du tout avec mon programme et il continue à me submerger. Une fois mon mail tapé, lu, relu et re-relu, je l'envoie et me mets en mode sexto.
Je m'allonge sur mon lit et ouvre la fenêtre de conversation que j'ai commencée il y a quelques jours avec Greg, le gestionnaire de tous les bâtiments d'habitation de la fac. Il veille à suivre les travaux et j'ai fait sa connaissance lors d'une panne d'électricité. Autant dire que le courant est bien passé entre nous pendant environ les 30 minutes que nous avons passées seuls dans le local en attendant les dépanneurs. J'en garde un très bon souvenir.

[Salut toi !]

Son message date d'il y a cinq jours mais il paraît qu'il n'est jamais trop tard, alors…
[Salut toi !]
Il ne doit pas être débordé ce soir car je vois immédiatement apparaître les trois petits points qui indiquent qu'il tape une réponse.
[Je désespérais d'avoir de tes nouvelles. T'es libre ce soir ?]
Il est direct, je ne peux pas le lui reprocher mais ce soir, je n'ai pas envie de bouger et j'ai promis à Daisy de ne pas faire venir d'homme ici. Même en son absence alors…
[Pour discuter avec plaisir…]
Il met un moment à répondre.
[Je viens de fermer la porte de mon bureau, je dois assurer une astreinte cette nuit.
Je ne peux pas me déplacer non plus. Mais je suis tout à toi à présent…]
Parfait, juste ce qu'il me fallait.
[Ramène-toi au gymnase, j'ai relu ton travail et je veux te parler !]
Merde, cette fois-ci, ce n'est pas le même genre de texto. J'étais partie sur l'option « on va gentiment se chauffer avec les souvenirs de notre rencontre dans le noir » et je redescends direct avec un message de mon tuteur.
Il est enregistré sous #rulesman mais je pense le remplacer par #casseurdambiance, j'aime les deux et honnêtement ils lui vont comme un gant.
[Maintenant ?]
On ne sait jamais qu'il change d'avis.
[T'as mieux à faire que d'apprendre ? Vraiment ?]
Je respire, je sais déjà que je vais y aller. Évidemment que non je n'ai rien de mieux à faire qu'apprendre. Mais le commun des mortels s'instruit en journée, et pas au beau milieu de la nuit.

[J'arrive.]
J'enfile un manteau sur mon legging et mon sweat, mes baskets et je me hâte de le rejoindre. Le gymnase n'est pas loin mais il y a toujours une foule monstre après chaque match et même parfois après chaque entraînement. Et je n'ai pas envie de faire tout ce chemin pour apprendre qu'il s'est barré. Ce dont je ne doute pas qu'il soit capable.
Pourtant, alors que j'approche du gymnase, aucune lumière, rien. J'entre et seul le terrain semble éclairé, le couloir lui, est désert. Je m'approche mais le silence règne dans la salle. Un instant je me demande si je ne me suis pas trompée en lisant le message de mon tuteur mais je suis absorbée par une photo de l'équipe qui a été affichée en grand format sur tout le mur du couloir. Ils arborent tous de larges sourires et nul doute que la coupe qu'ils tiennent entre leurs mains est celle qu'ils ont gagnée l'année passée. Je prends le temps de détailler chacun d'eux. J'ai retenu leurs noms, leurs performances et leurs postes pour l'exposé qu'Ezéchiel m'avait demandé mais j'avoue que pour les règles du basket, je ne me suis pas encore vraiment penchée dessus.
Mes yeux arrivent enfin sur lui, fier, souriant et conquérant. Il adresse un sourire suffisant à la foule et je suis immédiatement séduite par son teint pâle qui contraste avec ce ballon orange et les couleurs de son maillot noir et vert. Il est arrogant et agaçant mais aussi brillant et très séduisant. Je ne peux détourner mes yeux de son reflet.
— Ce que tu vois te plaît Kansas girl ?
Je me retourne vivement car je ne l'avais pas entendu arriver et je le découvre en tenue de match, un ballon sous le bras.
Chasuble aux larges échancrures sur les épaules, short bas sur les hanches et baskets aux pieds.

Les cheveux en bataille et l'œil brillant. Il avance vers moi, son indéchiffrable sourire aux lèvres et je recule immédiatement. Vite stoppée car le mur m'en empêche, il est tout près et moi je reste figée. Sa beauté n'a d'égale que sa froideur et dans la pénombre, alors que je devrais me méfier d'un type aux yeux si sombres, je suis tout à coup très excitée. Comme si le défier était mon jeu préféré depuis la rentrée. Et même si je ne le lui avouerai jamais, c'est le cas. Chaque bouquin qu'il me demande de lire, chaque article qu'il me corrige, chaque défi qu'il me lance me grise bien plus que je ne le voudrais. La preuve, je me surprends à accourir en plein milieu de la nuit pour entendre ce qu'il a à me dire au lieu de prendre mon pied par téléphone.

— Je suis surprise, je ne savais pas que tu t'entraînais seul. Je m'attendais à voir tes coéquipiers débarquer.

Il sourit et passe sa langue sur sa lèvre supérieure. Si sa peau est diaphane, ses cheveux bruns et ses yeux bleu foncé, à l'inverse, sa bouche est pleine et d'un rose qui donne envie de mordre dedans comme dans une glace à la fraise. Ce que je ne ferai pas, aucune chance. J'ai bien trop à perdre avec ce genre de pensées. Pourtant, à cet instant, difficile de rester cohérente. Je ne sais m'expliquer cette attirance mêlée à de l'admiration que j'éprouve pour lui.

— Non, il n'y a que toi et moi à présent. Tu es déçue ?

Son ton lent et assuré me donne l'impression d'échanger avec le grand méchant loup. J'ai toujours pensé que c'était de cette façon qu'il devait s'exprimer juste avant de manger le petit chaperon rouge, quand j'étais enfant. Et m'y voilà, face au loup.

— Que penses-tu de mon travail ?

Oui voilà, reste concrète Bethany, bonne idée.

— Prometteur je dirais. Mais tu as survolé toute la partie qui concerne les règles.

— Les règles ? Quelles règles ?
Toujours face à moi, il est clairement bien trop proche pour une discussion normale entre un tuteur et un élève. Mais à moins de partir en courant, je ne peux pas bouger sans qu'il voie que je flippe. Aussi, je tente de réguler ma respiration, et de garder mes yeux bien droits en direction des siens. Et quelle erreur. C'est comme si les siens me disaient tout ce qu'ils pourraient me faire, sans même prononcer un seul mot.
Est-ce qu'il craque pour moi ? Vraiment ? Et est-ce que j'ai le droit de craquer aussi ?
— Celles qui dictent tout ce qui se passe ici, Bethany.
Euh….
Pas le temps de lui demander une explication que je l'entends rire et qu'il fait rebondir son ballon au sol en reculant d'un pas. Le bruit couplé au choc de cette soudaine distance me font sursauter. Je ne saurais dire la raison première mais je suis chamboulée et mon estomac se serre.
— Et que se passe-t-il ici ?
Il ne me quitte pas des yeux et détaille mon corps. Évidemment, il ne me répond pas et hausse un sourcil en m'interrogeant à son tour.
— Tu faisais du sport ?
L'ironie dans sa voix est criante, il sous-entend que je ne suis pas sportive. Je ne le suis certes pas mais ça, je le défie de le voir, j'ai des formes généreuses mais bien proportionnées. J'y veille en permanence.
— Non, j'allais prendre mon pied par téléphone.
Là, il stoppe son ballon et s'approche à nouveau.
— Par téléphone ?
— Oui tu ne connais pas ? Toi le grand savant ? Tu choisis un mec pas trop collant, tu le chauffes un peu et après quelques échanges de messages tu finis le boulot solo. Propre, rapide et très excitant ! Tu devrais essayer.

Il reprend son drible lent et hypnotique puis se racle la gorge.
— Donc la base d'un bon journaliste est de savoir synthétiser les informations. Par exemple dans ce que tu viens de me dire, la seule chose que j'ai retenue, c'est toi en train de te masturber. Le reste ne m'importe que peu. Je note cependant un penchant à prendre les mauvaises décisions concernant ta vie sexuelle. Mais ça, c'est plus pour étayer mon argumentaire que réellement un fait. Bien que je sois déjà en possession d'une information capitale depuis que je te connais. À savoir que tu n'es pas du genre à t'appesantir une fois ton besoin satisfait.
— Viens en au fait, King !
Il commence à me chauffer un peu trop et dans tous les sens du terme. Sa voix grave agit sur moi comme un catalyseur qui ne tardera pas à me faire exploser si je ne prends pas la poudre d'escampette.
— Ton exposé est bien mais j'ai dans l'idée que tu passes à côté de l'essentiel, tout comme concernant ta vie sexuelle d'ailleurs. Te contenter de récolter des informations sur les joueurs ou de coucher avec des minables qui ne te satisfont pas, ne te permettra pas de comprendre le jeu, d'en connaître les règles et encore moins de prendre ton pied. Tu saisis ?
Il s'approche à nouveau et je décide de jouer le tout pour le tout, quitte à y perdre.
— Et toi tu es un expert bien entendu !
— Je suis ton tuteur, ne l'oublie pas, je peux t'apprendre beaucoup. Et dans tous les domaines.
Alors si ça, c'est pas une invitation au sexe, qu'on me brûle sur le bûcher immédiatement. Je devrais faire machine arrière, me taire, baisser les yeux et partir en vitesse. Mais c'est impossible, j'en suis incapable. Une fois lancée, je suis inarrêtable.
— Montre !

Je suis tellement surprise d'avoir osé dire une telle chose à voix haute que je ne réagis pas quand il laisse tomber son ballon pour se jeter sur moi. Ses mains me percutent en premier, elles se glissent dans mes cheveux et il penche ma tête en arrière tout en me plaquant davantage contre le mur froid et dur. Ses yeux foudroient les miens et je lis son désir dans ses iris. Ses lèvres cognent les miennes et à cet instant, je perds littéralement pied. Je ne sens plus mes jambes me porter car il les enroule autour de ses hanches. Je m'accroche comme je peux à ses épaules nues et j'ouvre la bouche de surprise. Sa langue en profite pour s'infiltrer et prendre la mienne en otage. Tout comme il le fait avec mon corps ; et je reconnais que ce simple baiser m'a déjà mise dans un état sans précédent.

Je sens qu'il se déplace mais nous sommes encore dans l'obscurité. Pourtant il ne prend pas le temps d'allumer une lumière ou de vérifier qu'un gardien ne traîne pas dans le coin. Il se dirige dans un coin du gymnase où trônent des tapis qui doivent servir aux gymnastes. Ils sont entassés et arrivent certainement à sa taille alors, quand il me dépose dessus, il est déjà en train de retirer mon manteau de mes épaules.

De mon côté j'ai une folle envie de toucher son corps de plus près aussi et quand je sens la pression de son entrejambe contre moi, je décide de profiter de ce moment. Visiblement Ezéchiel King sait ce qu'il a à faire et a envie de m'apprendre comment procéder, alors autant en profiter. Je passe mes mains sous sa chasuble et la soulève pour dévoiler son corps d'athlète.

Il est moins baraqué que d'autres mecs avec qui j'ai couché mais sa peau est libre de toutes encres et si claire qu'elle n'obscurcit pas la mienne. Pour de vrai, nous avons la même carnation, ce qui est assez rare.

Et puis chaque fois que je passe mes ongles sur lui, il frisonne. Et bien que ses mains soient occupées sur mon legging, je le sens vibrer contre moi. Il caresse mes tétons dressés sous mon sweat et en pince l'extrémité, me mettant sens dessus dessous. J'ai si chaud que je pourrais imploser. Et une nouvelle vague de désir afflue directement dans mon legging quand il me soulève pour me tourner dos à lui. Il se presse derrière moi et sans plus de cérémonie baisse mon pantalon d'un geste. Puis, lentement, ses phalanges viennent caresser mes fesses avant de remonter vers mes reins.
— Tu aimes que ce soit rapide, alors je vais te montrer ce que vite et bien veulent dire. Et je suis convaincu que tu en redemanderas.
Il mord mon oreille et me soulève à nouveau. Mon buste est avachi sur le tas de tapis et il glisse ses doigts entre mes fesses. Il me caresse et grogne avant de mordiller mon cou. De mon côté, je ne suis plus que gémissements et impatience. Alors que l'un de ses doigts me pénètre, appuyant l'intérieur de mon vagin dans un geste parfaitement maitrisé, je pousse un cri de surprise tellement la sensation est bonne.
— Je peux te faire jouir juste comme ça. Mais je n'en ai pas envie. Je veux te sentir mouiller contre moi et te contracter au moment où tu vas crier mon nom. Parce que tu vas le crier, crois-moi.
La seconde suivante il retire sa main, caresse à nouveau ma fente humide et apporte ses doigts vers ma bouche.
— Goûte-toi !
Bon ok, ça c'est une première et je reconnais que c'est quand même super excitant. Aussi, j'obéis et je découvre un goût salé sur ses doigts.
Le temps de réaliser qu'il déchire un emballage de capote dans mon dos, il écarte mes cuisses et s'introduit en moi.

À chaque poussée, il me plaque davantage contre les matelas, il râle, grogne, mord et commente toutes les sensations qui sont aussi les miennes. Je m'écartèle pour lui, je frissonne sous lui, je jouis même. J'aimerais dire que je suis silencieuse, digne et que je donne le change mais c'est faux. Je prends un pied considérable et ça se sent. Il stoppe ses va-et-vient alors que je suis parcourue de spasmes autour de sa queue dressée en moi. Il respire fort lui aussi mais il se maîtrise quand même bien mieux que moi. J'ai pris un aller simple pour le nirvana et je vois des étoiles partout autour de moi.

— Une rapide dans tous les domaines alors !

Pas le temps de répondre qu'il redouble de force, prolongeant mon extase encore, encore et encore…

# CHAPITRE 8

Il est 21 heures, je suis installée sur mon lit, en attendant Daisy et j'ai du mal à me concentrer ce soir. J'ai eu une semaine chargée niveau cours et travail personnel et surtout, j'ai multiplié mes rendez-vous secrets avec Ezéchiel. Cela fait maintenant cinq jours que nous avons couchés ensemble pour la première fois dans le gymnase et nous avons renouvelé l'expérience déjà trois fois. Il faut dire que c'est plutôt simple entre nous. Il me demande de bosser mes cours, je le fais, on se retrouve pour en discuter et on s'arrange pour caler un peu de temps histoire de baiser. C'est rapide, explosif et toujours un peu dangereux. Donc excitant. Et ça ne me prend pas non plus tout mon temps. Je reste focalisée sur mes études, comme je l'ai toujours voulu mais je prends mon pied. Parce que mon tuteur n'est pas seulement bon en cours, il sait aussi manier à la perfection sa virilité de mâle et j'en profite pleinement.

Notre première fois était... je ne sais pas comment la décrire. Parce que les petits coups vite faits, c'est tout ce que je connais alors... Suis-je bien placée pour savoir ?

Je crois oui. Parce que je prends mon pied comme jamais. Qu'il soit rapide ou plus lent, qu'il se serve de ses mains, de sa bouche ou même juste de sa voix au creux de mon oreille, je décolle avec une rapidité qui m'affole. Et je ne m'en prive pas. Je prends tout ce qu'il a à m'offrir sexuellement et intellectuellement et je fais profil bas le reste du temps.

Évidemment je ne suis pas folle, je vois bien la petite cour de nana qui le suit partout dès que nous sommes en public. Et ça ne me dérange pas de m'effacer devant elles. Mon but n'est pas de devenir populaire mais d'être major. Rien d'autre.

Les retours de mes professeurs et des rédacteurs en chef du journal de la fac sont plutôt élogieux et les observations d'Ezéchiel tapent toujours dans le mille. Je ne sais pas comment il trouve le temps de mener à bien ses deux cursus, le sport qu'il pratique intensément, notre aventure et les probables autres qu'il entretient. Son emploi du temps doit ressembler à l'agenda du président.
Cela étant, ce n'est pas mon problème et je ne dois pas me laisser distraire par quiconque. Bien qu'il soit particulièrement tentant.
Hier, il m'avait donné rendez-vous dans la salle réservée aux tuteurs. Elle ne ferme pas à clé et n'importe quel étudiant de troisième année pouvait entrer. Pourtant, il m'a allongée sur une table avant de prendre tout son temps pour me lécher. Il a été obligé de mettre sa paume sur ma bouche parce que j'ai poussé un cri en jouissant, à faire trembler les murs de la fac. Quand il est revenu vers mon visage, il était luisant de mon excitation et j'ai pris tout mon temps pour l'en débarrasser à petits coups de langue. Bien évidemment, je lui ai rendu la pareille et pour la première fois j'y ai pris un énorme plaisir. Sa queue est assez longue mais surtout très épaisse et la sentir entrer et sortir de ma bouche, caressant ma langue, c'était juste waou ! Je ne savais même pas que l'on pouvait autant apprécier de donner du plaisir à l'autre. J'ai presque été déçue quand il m'a demandé d'arrêter. Mais lorsqu'il a enfilé un préservatif, me plaquant contre la porte donnant sur le couloir où le passage des étudiants résonnait à chacun de leurs pas, j'ai eu droit à mon second orgasme de la journée.
Le plus surprenant a été de voir son regard alors que je renfilais ma culotte sous ma robe et en rajustant mon chemisier blanc.
C'était comme s'il semblait contrarié, presque triste.

J'ai posé la question mais comme je m'y attendais, il ne m'a donné aucune réponse, se contentant de me donner un autre rencard pour ce week-end.
De toute façon, je suis réaliste, mon aventure va avoir une date de fin et je n'envisage pas autre chose entre nous. Même si j'aime bien ce qu'il dégage et ses petites réflexions, je suis une solitaire et ce n'est pas le moment de rêvasser. Ezéchiel n'est, de toute façon, pas le genre d'homme de qui on peut espérer plus.
Non, ce qui me dérange, c'est de mentir à Daisy. Enfin, ce n'est pas un mensonge mais une omission. Et même si elle m'a demandé de rester discrète sur mes relations, si ça tourne mal avec lui, elle risque d'être impactée car il est aussi son tuteur. Je sais qu'ils se voient toutes les semaines aussi mais je n'ose pas aborder le sujet avec elle de peur qu'elle ne capte ce que je suis en train de faire avec lui. Parce que je sais déjà que j'aurai droit à un énorme sermon et pour être honnête, je le mérite certainement. Seulement voilà, coucher avec lui, c'est trop génial et tellement pratique que j'y prends goût. En dehors des quelques marques qu'il a laissées dans mon cou ou sur mes fesses, il ne me fait que du bien et sans aucun investissement de ma part. C'est gagnant-gagnant.
Un bruit dans la serrure me distrait et ma meilleure amie entre en trombe dans la chambre. Elle referme la porte derrière elle et reste plaquée à celle-ci quelques secondes. Ses joues sont rouges et elle se mord la lèvre.
— Tout va bien Dais' ?
Elle secoue la tête de droite à gauche et rougit encore plus quand elle croise mon regard.
— Oui oui, tu m'as attendue pour la douche, t'es trop mignonne.
Évidemment que je l'attends, elle a une peur panique d'y aller seule.

Mais sa tentative de diversion ne fonctionne pas du tout. Quelque chose n'est pas comme d'habitude et ça se voit direct.
— Raconte !
Elle s'agite dans tous les sens pour tenter de calmer sa nervosité mais je la connais trop bien. Ses regards furtifs et cette façon de mâchouiller ses lèvres. Oh mais je sais !
— Il t'a embrassée. Ton rencard secret de l'autre soir. C'est ça ?
Je ne peux même pas dire que je suis une bonne enquêtrice parce que le sourire qu'elle m'affiche et juste radieux. Aucun doute sur l'origine d'un tel tourment. Elle est amoureuse.
— Euh peut-être…
Je lève un sourcil et alors qu'elle enfile son peignoir pour aller à la douche, je reste vissée sur mon lit sans bouger.
— Allez tu viens, Beth ?
— Je ne bouge pas d'ici tant que tu ne me donnes pas de détails.
Elle se retourne, pose ses poings sur ses hanches et me foudroie du regard.
— Je te demande qui t'a fait cet affreux suçon dans le cou moi ? Non bon alors, on y va !
Je hoche la tête par la négative.
— Non, non, non, tu ne vas pas t'en tirer comme ça ma grande. Je veux savoir. J'en ai besoin pour savoir si mon flair est juste ou pas.
Fausse excuse, je le sais déjà. Mais ça me frustre qu'elle ne me raconte pas.
— Ok ok, il m'a raccompagnée ce soir et alors que nous étions en bas, il m'a embrassée. Je ne m'y attendais pas et c'était tellement super. Je te jure, mieux encore que dans mes rêves.
Son air enjoué me réconforte et je la suis jusqu'à la salle de bains où elle me raconte son idylle naissante.

Et quand elle m'interroge à son tour, évidemment, je ne peux pas me permettre de lui décrire tout ce qu'elle ne cache pas.
Ce n'est pas si grave. Après tout, ne dit-on pas, pour vivre heureux, vivons cachés ?

## CHAPITRE 9

— Et encore une victoire pour nos Dartmouth Big Green ! Applaudissez-les bien fort !
Le commentateur hurle dans son micro et tout le gymnase est en feu. Les gens crient et les joueurs caracolent autour du terrain. J'aperçois Ez qui sourit dans ma direction et quand je lui fais un signe, il me lance un clin d'œil. D'ici je ne risque rien car même si quelqu'un cherche à voir à qui il le fait, je suis entourée de plus de 100 personnes. Aucune chance que quelqu'un comprenne. Mais moi je sais. Et ça me touche beaucoup. Un peu trop d'ailleurs.
J'ai mis quelques matchs à me rendre compte que les places que le mec nous avait vendues en début d'année étaient des places réservées aux joueurs de l'équipe. Le club les revend pour se faire de l'argent et entretenir leurs maillots avec. Nous avons donc deux places au milieu des Big Green. Et surtout de leur fan club.
Encore une fois Daisy s'est fait porter pâle et je suis venue seule. C'était bien la peine de me faire tout ce cinéma pour prendre un abonnement si c'était pour me lâcher avant chaque match. Arf, depuis qu'elle roucoule avec son amoureux, je la vois de moins en moins. Cela dit, je ne le lui reproche pas mais bon…
J'y prends goût moi, à ces matchs et j'aimerais bien partager avec elle mes nouvelles connaissances concernant ce sport. En même temps, elle doit être avec lui et elle a bien raison d'en profiter.
Quelque part moi aussi, je suis avec celui qui me fait vibrer d'une certaine manière. Puisque j'ai pu suivre ses exploits durant les cinquante-neuf dernières minutes.
Et même après le coup de sifflet final, je suis encore en train de l'observer. Il est en sueur et ses cheveux noirs sont collés sur son front.

Il porte un bracelet en mousse autour du poignet, s'essuie le front régulièrement avec, je pensais que c'était un truc de tennisman mais *a priori* ça fonctionne aussi pour les basketteurs. Son short tombe sur ses genoux et alors qu'il serre ses coéquipiers dans ses bras, je vois ses fesses se dessiner sous le tissu brillant. Qu'est-ce que je ne donnerai pas pour qu'il enlève son haut. Cela dit, je ne pense pas être la seule qui espère ça. Mais je suis une des rares qui a l'occasion de le toucher, de le caresser et de le mordiller quand l'occasion se présente. Et ça me rend un peu fière.

Étrangement cette fierté n'est que de courte durée quand je réalise à quel point je suis ridicule. J'empoigne donc mon sac à main, je ferme mon blouson et je quitte le gymnase avant que tous les supporters n'envahissent le terrain. Avec un peu de chance, Daisy sera rentrée quand je vais arriver à la cité U et nous pourrons partir tout de suite.

C'est le week-end et nous avons quatre jours et demi avant de reprendre les cours. Daisy a donc insisté pour que nous prenions la route direction Wellsville afin de voir comment sa mère s'en sort sans elle. Un trajet de presque quarante-huit heures sans pause juste pour rester là-bas deux jours.

Ce n'était pas prévu du tout. Nous ne devions y retourner qu'à Noël, ce qui déjà me semblait superflu. Mais si moi je ne laisse que ma grand-mère acariâtre, ce n'est pas le cas de Daisy, qui elle a toujours sa mère et surtout une petite sœur qui s'ennuie depuis notre départ. Avery est bien plus jeune que nous, elle entre tout juste au collège. Lorsque nous vivions à Wellsville, elle passait beaucoup de temps avec nous et je comprends que ça doit être compliqué pour elle.

Daisy se fait du souci car d'après leur mère Avery a changé de fréquentations et ça ne semble pas reluisant.

Chaque fois qu'elle m'en parle, je suis soulagée de ne plus avoir de famille et je plains sérieusement mon amie. C'est pour cette raison que j'ai accepté de partir avec elle sans même tenter de l'en dissuader un instant.
L'air est frais ce soir et je grelotte en entrant dans mon immeuble.
— Ah tu es là, j'ai chargé la voiture, nous pouvons partir quand tu veux Beth.
Daisy m'attendais de pied ferme, sac à main déjà sur son épaule.
— Tu m'attendais ? Mais pourquoi ne pas m'avoir appelée ? Moi qui pensais que tu étais en train de roucouler.
Elle hoche la tête par la négative et me précède jusqu'à la voiture.
— Non, pas possible ce soir, allons-y !
Elle prend le volant et j'en profite pour admirer le paysage. Mon portable vibre et je le déverrouille alors que mon amie profite enfin de ses lunettes pour y voir correctement. Elle chantonne sur le son s'échappant de la radio.

[Dis donc, t'es partie en vitesse ce soir.
Passe un bon week-end Kansas Girl !]

Je me fais certainement des films mais ça me fait plaisir qu'il pense à moi.
[Oui, nous sommes déjà parties.
Bravo pour votre victoire.
On se voit la semaine prochaine.]
Oui, c'est bien ça, reste neutre Bethany, reste neutre.

[Une nouvelle leçon t'attendra à ton retour.
Au fait je t'envoie les corrections de ton article ce soir.
Pas mal !]

Je lui ai fait un détail de tout l'historique sportif de notre université.

Avec chaque décision administrative entérinant les victoires, les avancées et les défaites. Je me suis arrachée sur ce travail qui est tout bonnement excellent. J'entends déjà le rédac' chef me dire qu'il va me mettre en une pour attirer de nouveaux lecteurs parmi les sportifs et les fans. Ce qui est déjà le cas étant donné que j'ai récupéré le monopole des articles en rapport avec les Big Green de Dartmouth, tous sports confondus. Le basketball est celui qui me prend le plus de temps mais les autres sont aussi à mettre en avant. Par exemple, l'équipe féminine de golf vient de faire un exploit et elles ne comptent pas s'arrêter là. J'ai interviewé leur capitaine qui m'a affirmé qu'elles ont bien l'intention de finir premières de l'Ivy League cette année.

[Pas mal ? Tu plaisantes ?
C'est une perle cet article.
Avoue que t'aurais bien aimé en être l'auteur hein !]

[Prétentieuse et insolente.
De mieux en mieux…]

[J'ai un bon mentor.]

[Je ne te le fais pas dire.
Ton article est super.
Mais…]

Je fronce les sourcils car je ne vois pas ce qu'il pourrait trouver à redire. Pourtant, je ne suis même pas surprise. Ezéchiel est un éternel insatisfait. Et l'adage comme quoi le mieux est l'ennemi du bien pourrait à lui seul le caractériser.

[Mais ?
Tu cherches une faute de frappe ?
Tu vas en avoir pour un moment alors…]

[Je cherchais juste une photo pour illustrer une piste de progression pour la suite.]

Et cet enfoiré m'envoie une photo d'une nana en tailleur chic et escarpins fins.

Il a d'ailleurs pris le temps de bien encercler les chaussures à talons. Ce n'est pas la première fois qu'il me reproche mon look, il s'était déjà bien moqué de moi. Mais à l'époque, il ne couchait pas avec moi. Et même si je suis sûre de moi, je me dis que son avis compte un peu trop à mon goût. Parce que ça me blesse.

— T'aimes bien mes chaussures Dais' ?

Mon amie jette un coup d'œil à mes grosses chaussures et pince les lèvres.

— Elles ne sont pas très féminines mais je ne t'ai jamais vue avec autre chose que ça ou tes vieilles baskets. Alors ouais…

Ce n'est pas la réponse que j'espérais.

[Mes chaussures sont plus confortables.]

[Le confort, c'est pour les perdants.<br>Les apparences sont très importantes.]

[Je vais être si brillante que malgré mes pompes, je finirai major à la fin de l'année.
Tu verras.]

[J'ai hâte de voir ça !]

— Pourquoi tu me demandes ça ?

Daisy revient capter mon attention et je range mon portable. De toute façon, je ne vois pas bien ce que je pourrais répondre à son dernier message. Ezéchiel me challenge tout le temps et même si j'aime ça, alors que je retourne chez moi avec une meilleure amie anxieuse, j'aimerais un peu plus de compassion de sa part.

— Parce que notre tuteur trouve que j'ai pas le look d'une journaliste respectable.

Voilà, je reste neutre et ça passera. Après tout, elle le connaît bien aussi, il ne doit pas être plus sympa avec elle.

Elle hausse les épaules.

— Il est souvent de bon conseil. Mais tes Docs, c'est ton identité. Alors fais comme tu le sens ma belle.

Puis elle prend la sortie d'autoroute et se gare pour me laisser le volant. Je vais appuyer sur le champignon, je commence à en avoir marre de ce trajet.

…

Déjà trois jours de passés et alors que nous remontons en voiture, Daisy semble soucieuse. Nul doute que cette visite lui aura mis la pression. Entre sa mère qui a dû lui faire la leçon un bon millier de fois et sa sœur qui pleurait quand je suis arrivée, l'ambiance n'était pas au top. Chez moi, tout le contraire ; grand-mère était ni ravie, ni déçue de me voir. Elle m'a demandé de lui faire les courses et j'ai bossé quasiment tout le week-end. J'ai trouvé un créneau pour sextoter avec Ez et je dois bien reconnaître que ses mains expertes m'ont sacrément manquées. Il a réussi le tour de force de me faire jouir juste en susurrant dans mes écouteurs des trucs bien cochons et en me guidant grâce à ses conseils. J'ai ainsi découvert que le point G n'a absolument rien de secret, bien au contraire. C'est un centre nerveux situé à l'intérieur du vagin environ 3 cm au-dessus de l'entrée sur la paroi supérieure. Tu courbes tes doigts, tu les places au bon endroit et bingo !

— Tu peux conduire ? Je veux m'assurer qu'Avery va bien.

Je m'installe côté conducteur et je me promets de rouler un moment avant de lui passer le volant. Elle a l'air exténué. Quinze minutes après le départ, elle repose son portable et m'observe.

— Tu veux en parler ?

Elle se contente de hocher la tête affirmativement.

— Raconte.

— Galère financière + ado rebelle + dépression + problème au boulot = grosse merde ! Il faut que je trouve un travail pour les aider financièrement sinon elles ne vont pas tenir sans moi. Je ne voudrais pas être obligée de rentr…

Même pas en rêve. Hors de question d'abandonner ses études et ses rêves de grande carrière à cause de sa famille. Je ne peux même pas l'envisager. Et je lui coupe la parole. Parce que j'en ai déjà trop entendu. Le délire doit cesser tout de suite. Notre accord est scellé, aucune de nous deux ne reviendra dessus.

— On va trouver un job. Dès cette semaine, tu verras. On enverra tout ce qu'on peut à ta famille et ça va aller. Deux esprits aussi brillants que nous, ça ne doit pas courir les rues, ils vont se battre pour nous avoir !

Elle sourit et s'installe plus confortablement avant de fermer les yeux.

— Tout semble toujours si simple pour toi. Merci Beth. Merci d'être là.

— Toujours Dais', toujours.

Je suis de nature confiante et ce ne sont pas quelques problèmes d'argent qui vont nous mettre à terre. Ce n'est pas l'idéal surtout qu'on s'est décarcassé pour ne pas avoir à travailler pour payer nos études. Mais si c'est nécessaire, nous allons nous adapter.

Je considère ce problème comme résolu, en tout cas dans mon esprit, il l'est.

## CHAPITRE 10

Force est de constater que peu se battent pour nous avoir finalement. Enfin si, on peut toujours trouver un travail de serveuse ou de caissière mais je suis quand même dans l'optique d'opter pour un job qui nous apportera quelque chose. Dans cet état d'esprit là, j'ai donc postulé pour un journal, j'ai tenté aussi la bibliothèque, la fac et puis j'ai discuté avec Ezéchiel. Il trouve l'idée de prendre un job absolument ridicule étant donné le montant de ma bourse mais je n'allais pas lui expliquer que Daisy avait besoin qu'on se bouge. Ça, c'est personnel. J'ai eu droit à une leçon de morale sur mes études et d'après le peu que j'en sais, Daisy aussi. Cela dit, j'ai bien fait d'aller le voir et de discuter de tout ça avec lui car en repartant, je suis tombée sur notre planche de salut.
La faculté organise presque toutes les semaines des soirées au Collis Center. Sont invités les meilleurs élèves et un petit comité de nantis qui évoluent et se créent un réseau. Et pour ce faire, il leur faut des serveuses afin de sustenter tout ce beau monde. Le salaire est pas mal, ça ne nous prive pas de nos cours et en plus, il y a tout le gratin de la fac. Trois avantages que Daisy et moi avons validés.
Me voilà donc devant le miroir de notre chambre en train de m'observer. Je porte une jupe courte noire, de petits talons ridiculement fins et un chemisier blanc. Il ne manque plus que le tablier blanc de forme arrondi et un plumeau et me voilà au début de n'importe quel film porno.
— Dis, tu ne la trouves pas un peu avilissante cette tenue Dais' ?
Elle se débat avec sa coiffure et semble prête à balancer notre miroir par la fenêtre.

Ses longs cheveux blonds partent dans tous les sens et elle passe des heures à les discipliner avec plus ou moins de réussite. Ce soir, on est dans le moins visiblement.
— Si, tout ça est avilissant. Le simple fait qu'on en soit réduite à bosser pour les autres alors qu'on a obtenu une super bourse, c'est déjà horrible. Alors ces cheveux horribles et cette tenue grotesque, c'est le pompon.
— Ok, t'es tendue toi. Tu devrais demander à ton joli cœur de passer te voir. Je pense que ça te ferait du bien.
Elle me lance un regard furibond puis abandonne sa coiffure stricte pour une queue de cheval haute.
— Mais oui bonne idée et je n'ai qu'à lui offrir ma virginité en gage de relaxant aussi, non ?
Son ton est acerbe et elle semble bien plus contrariée que je ne le suis.
— Je n'ai jamais dit ça. Mais je pensais plus à un réconfort d'amoureux, un câlin, des fleurs… Mais je ne te cache pas que de mon côté, je ne dirai pas non à un orgasme là, maintenant, tout de suite.
Puis je soupire en me laissant retomber sur le matelas de façon théâtrale. Daisy se retourne vers moi et la culpabilité lui déforme carrément les traits. Je la connais et nous n'avons rien à nous devoir mais elle ne peut pas s'en empêcher.
— Désolée, ça me rend malade que tu fasses ça avec moi.
— Toi et moi, on va s'en sortir ensemble, ça a toujours été le plan. Et puis si je peux envoyer quelques billets à grand-mère, elle sera peut-être plus encline à me cuisiner un truc pour Noël.
Je plaisante pour faire diversion parce que je sais que mon amie n'est pas dupe. La seule raison pour laquelle je fais ce putain de sacrifice, c'est pour aider Daisy, rien d'autre. Et cette simple raison est largement suffisante. N'en déplaise à notre tuteur.
— Bon allez, filons.

À peine sommes-nous arrivées sur place qu'une nana avec une oreillette accrochée à la tête nous apostrophe.
— On va commencer avec vous. Alors ce soir, c'est facile. Vous sourirez, vous proposez les plateaux à tout le monde et quand ils sont vides, vous venez recharger. Quelques règles cependant. On ne consomme rien, on ne discute pas avec les clients et surtout on ne les contrarie pas. Ils veulent quelque chose, excusez-vous et revenez me voir, ok ? Je vous trouverais tout ce qu'ils désirent.
La nana parle très vite et ne semble même pas attendre notre réponse avant de nous montrer une table sur laquelle trônent déjà des plateaux garnis de coupes de champagne et de petits fours. Sans un mot, Daisy en prend un, me le tend avant de s'avancer vers la salle principale. Il doit y avoir une bonne soixantaine de personnes. Tous discutent calmement et heureusement, il n'y a pas d'obstacle. Parce que marcher avec des talons aussi fins dans un endroit bondé et semé d'embuches, ça aurait été compliqué. Là, je dois juste veiller à ne pas me fouler une cheville et à sourire.
Ce travail s'avère finalement assez facile. Nos plateaux se vident en quelques secondes à chaque fois et je peine à arpenter toute la salle avant de devoir aller refaire le plein. Il y a le doyen, des professeurs qui ne manquent pas de me saluer et surtout toute l'équipe de basket. Tiens, ils sont beaux en costume. Oh et puis lui…
Pourquoi mon cœur s'affole tout à coup ?
Il discute dans un coin avec un professeur d'économie.
Je le reconnais immédiatement, de dos, avec ses épaules larges, sa veste qui tombe parfaitement sur lui, son cul musclé dans ce pantalon sombre et ses cheveux noirs, aussi sombres que les miens et qui dépassent un tout petit peu sur sa chemise blanche, juste au-dessus de sa nuque.

Il respire la virilité alors qu'il ne fait rien. Il écoute. J'avance de quelques pas et je découvre certains des mecs avec qui j'ai pris l'habitude de regarder les matchs. Tous me saluent et dévalisent mon plateau de mignardises qui viennent à manquer. Je continue mon avancée jusqu'à découvrir le profil d'Ezéchiel. Rasé de près, propre sur lui, mèche sur le côté. Il est dans son élément. Une main dans la poche de son pantalon, l'autre tenant une coupe à moitié pleine, il respire la suffisance. Aucun doute qu'il n'a jamais été obligé de bosser pour subvenir à ses besoins ou à ceux de sa famille. Je n'ai rien entendu à ce sujet mais je pense qu'il ne manque de rien. Ça se voit, ça se sent. Monsieur King domine, même en société. Et moi je n'arrive pas à détacher mon regard de lui. Ce qu'il remarque rapidement.

Quand ses yeux captent les miens, une vague de chaleur m'envahit tout entière. Il n'y a pas de frisson, d'étincelle ou de tension, je sombre. Son charisme et sa posture suffisent à me faire chavirer d'un simple regard. Ma peau se parsème de chair de poule et je m'accroche de toutes mes forces à mon plateau pour ne pas courir vers lui.

— Mademoiselle ? Mademoiselle, auriez-vous encore de ces succulents petits fours à la…

Je romps la connexion visuelle avec mon amant car je suis interrompue et quelque part, je m'en sens presque soulagée. C'est comme si ce qu'il se passe entre lui et moi était trop fort pour moi. Je me persuade au quotidien que nos rencontres ponctuelles sont une aubaine pour moi, un gain de temps considérable, j'ai quand même toujours la sensation étrange de vivre un peu trop fort, un peu trop vite, quand je suis avec lui. Il est juste un peu trop intense pour moi, enfin je crois.

L'homme en face de moi s'est interrompu, il me sourit et tout son visage s'illumine. Je m'approche de lui.

— Excusez-moi de vous casser les pieds mais je voulais absolument vous aborder et je ne savais pas comment faire. Et comme en plus je ne suis pas vraiment super à l'aise ce soir, c'est encore plus compliqué.
Il est immense, bien charpenté lui aussi. Mais l'inverse d'Ezéchiel, l'extrême opposé même. Aussi blond qu'un champ de blé, des yeux verts en amande et un teint halé. Un surfeur qui se serait égaré sur la côte Est des États-Unis en somme.
Sa maladresse me fait sourire et je le vois qui s'approche encore plus.
— Tu as un sourire absolument désarmant. Et ces yeux, mon Dieu, j'ai bien failli ne pas m'en remettre.
Je regarde à droite et à gauche parce que soyons honnête, je pense qu'il y a erreur sur la marchandise. Je ne suis pas vilaine, loin de là mais je ne suis pas non plus le genre de nana qui est habituée à recevoir ce genre de compliments.
Le Dieu Grec face à moi se mord la lèvre inférieure. Puis il éclate de rire, pas vraiment décontenancé par mon air ahuri.
— Trop direct ? Manque de tact ? C'est tout moi, désolé, je ne voulais pas te mettre mal à l'aise.
Et le voilà qui s'excuse maintenant. Vite, dis un truc Béthany !
— Oh non, c'est pas ça. Mais je travaille et c'est mon premier soir alors je ne voudrais pas me faire remarquer, désolée.
Il recule de deux pas et lève les bras en signe de reddition.
— Oui bien sûr, je t'en prie. Je ne voulais pas te déranger. Je te verrai en cours de toute façon.
C'est bien ce que je me disais, je connais ce mec. Il est avec moi en journalisme justement.

Sa petite pirouette pour me laisser retourner en coulisse recharger mon plateau me fait rire et il marque un temps d'arrêt face à ma mine réjouie. Puis pose la main sur son cœur. Alors soit il est vraiment super drôle et plutôt très charmant, soit il est super doué et sa méthode fonctionne à merveille. C'est pas vraiment que ça m'intéresse mais je ne sais pas pourquoi, j'aime bien ce mec.
Alors que je refais mon entrée dans la salle, je vois qu'il y a de plus en plus de monde. Daisy est dans un coin et elle semble figée. Je suis son regard et découvre un groupe de mec qui rigole. Tiens, mon prétendant connait Ezéchiel, ils discutent avec trois autres mecs et mon amie semble intéressée. Je prends quelques secondes pour les détailler un peu plus et je suis immédiatement convaincue que le grand blond à côté de celui que je viens de rencontrer pourrait bien être le mystérieux rouleur de pelles de ma Daisy. Je m'approche lentement et me débarrasse de toutes les coupes sur mon plateau auprès des étudiants prêts à s'enivrer un soir de semaine. Quand j'arrive juste derrière mon amie, je chuchote.
— Alors ? Ils sont sexy les mecs en costume hein ?
— Oui. Qu'est-ce qu'il me tarde la vie active pour avoir droit à de tels spécimens tous les jours, me rassure mon amie.
Comme elle ne m'en dit pas plus, j'en rajoute.
— Je sais qu'on avait dit qu'on resterait discrètes sur nos vies privées mais tu peux quand même me dire si je chauffe en regardant dans cette direction.
Elle sourit et serre son plateau contre son cœur.
— Ça se pourrait bien…
— Si c'est du sérieux, tu peux au moins m'en parler ; je ne te forcerai pas à l'épouser, je te le promets, jeune fille !

Puis elle décampe pour recharger et je la suis. Je n'en demande pas plus, nous avons passé un pacte, elle ne me dira rien. Mais je parie sur le blondinet quand même. En plus, il n'arrête pas de nous regarder depuis que nous sommes toutes les deux ensemble. Et à mon avis, c'est à cause d'elle. Ou alors, il y a un truc étrange ce soir pour que tous les hommes me regardent ainsi.
La soirée se prolonge et j'ai de plus en plus mal aux pieds. Les mecs sont bien éméchés et ça commence à devenir sérieusement relou. Daisy se planque autant qu'elle le peut. Moi je me déhanche pour éviter les mains baladeuses et lorsque la responsable nous fait signe de quitter les lieux, ma meilleure amie et moi ne nous faisons pas prier pour décamper.
Évidemment dehors devant le bâtiment, quelques derniers étudiants traînent. Daisy et moi enfilons nos sifflets anti-agression mais nous sommes rapidement prises à partie par le grand blond et un de ses copains.
— Ah les filles, nous vous attendions justement. On peut vous raccompagner histoire de discuter un peu.
Je souris au surfer blond et je m'assois sur les marches afin de retirer mes chaussures et d'enfiler mes Doc. Oh quel bonheur !
— Chassez le naturel, il revient au galop, hein Kansas Girl !
Ezéchiel me passe à côté et frôle ma hanche en se penchant au-dessus de moi. Son souffle me hérisse le poil une nouvelle fois mais nous sommes en public et je ne peux pas le toucher. Daisy a commencé à avancer et elle discute avec l'autre mec. Quant à moi, je lace mes chaussures et range mes escarpins avant d'accepter la main que mon chaperon me tend.
— Au fait, je m'appelle Cooper Moore.
— Moi c'est Bethany Burke. Enchantée.
— Tout le plaisir est pour moi.

Nous commençons à marcher et je vois que mon tuteur nous distance de plus en plus. Immédiatement après qu'il quitte mon champ de vision, je sens mon portable qui vibre et je n'ai aucun besoin de vérifier pour savoir que c'est lui. Soit il est amusé de m'avoir vue ce soir et a envie d'échanger des sextos, soit il est furieux de savoir que je discute avec Cooper. Et si la seconde option s'avérait être la bonne, je ne voudrais surtout pas rater une occasion de me moquer de lui. Mais je garde ce plaisir pour le retour dans ma chambre car je profite de la compagnie de Coop, qui je dois bien le reconnaître, est très attirant et plutôt sympa.

— Alors t'es en dominante journalisme, comme moi.

— Oui, t'es en première année aussi ?

— Non en seconde mais je suis certains cours avec toi. Disons que je mixe un peu plusieurs cursus.

Décidément, je ne suis entourée que de super bosseurs.

— N'y a-t-il pas un seul étudiant dans cette fac qui ne suive que son cursus ?

Il rit et tout son visage s'éclaire. Je l'aime bien ce Coop, comme l'appelle son pote quand on arrive devant notre cité Universitaire. Ce dernier dévore littéralement mon amie mais elle semble sur la réserve. j'espère que ce n'est pas à cause de moi.

— Nos chemins s'arrêtent là, mesdemoiselles ! Faites de beaux rêves.

D'ordinaire je serais le genre de nana à prendre un numéro de téléphone, et à filer le rejoindre dès que Daisy serait partie au lit mais pas ce soir, je suis bien trop épuisée et je veux savoir pourquoi mon téléphone vibre depuis dix minutes sans relâche.

— Bonne nuit, messieurs.

Alors que nous montons nous mettre au lit après une douche rapide, Daisy semble bien silencieuse et je m'inquiète.

— Tout va bien ?
— Oui, je suis épuisée mais ça paie bien, je pourrai envoyer ça dès demain à ma mère. Ça devrait être suffisant pour commencer.
Elle compte ses billets et me montre son salaire de la nuit qu'elle glisse dans une enveloppe. Je me redresse, tire mon butin de mon sac et après une ponction de 20 $ pour mes repas de la fin de semaine, je lui tends le reste.
— Envoie ça aussi.
Elle les accepte malgré sa moue qui reflète toute sa culpabilité et je la rappelle à l'ordre.
— Toutes les deux, tu te souviens ?
— Merci Beth, t'es vraiment une belle personne tu sais.
Je grogne et me tourne, mon portable à la main avant de sombrer.
Ezéchiel m'a envoyé des messages pendant la soirée. Mais je ne les avais pas vus quand nous sommes parties.
21 :38 [Alors comme ça on se laisse draguer au lieu de travailler ?]
22 :19 [Mais c'est qu'il s'en sort plutôt bien ce petit Coop ! On dirait qu'il te fait de l'effet.]
23 :54 [Je ne te vois plus, t'as déjà filé avec ton blondinet ?]
00 :36 [J'ai adoré te voir avec une tenue de femme, quel dommage que tu remettes ces affreuses chaussures.]
00 :37 [Tu ne devrais pas te balader avec une jupe si courte au milieu de la nuit.]
00 :38 [Mais c'est qu'il s'accroche Moore. Tu lui plais on dirait !]
00 :39 [Fais gaffe, je pense qu'il est gay.]
00 :39 [Oh et puis je ne sais pas si ça t'intéresse mais son père est chauve, problème de calvitie dans la famille alors ne t'attache pas trop à sa chevelure d'ange. Dans cinq ans, il n'en a plus !]

00 :40 [Cela dit, avec un beau papa sénateur, ça t'aiderait certainement à avancer. Et puis, tu n'aurais plus besoin de coucher au moins. Enfin si, mais avec Moore, ta réputation sera sauve. C'est un bon parti.]
Là, je peux entendre le sarcasme dans ses mots. Et je trouve qu'il est de plus en plus blessant. Mais j'en ai vu d'autre et je commence à connaître King. Il veut enseigner et je sais prendre du recul. Je vais donc le laisser mijoter un max. De toute façon, tous les messages qui sont arrivés les cinq minutes suivantes sont tous dans le même genre. Cela dit, savoir qu'il fulminait assez pour se défouler sur son téléphone me réjouit quelque part. Et comme je suis une très vilaine fille, ben il n'aura aucune réponse. Il pourra librement s'imaginer ce qu'il veut sur Coop et moi. De toute façon, je compte bien le revoir ce Moore.
Et qui sait, envisager plus, histoire de tirer un trait sur mon aventure trépidante avec Ezéchiel. Pas que j'en ai envie mais mon cœur commence à battre dangereusement trop fort quand il s'approche et je n'aime pas ça. Pas du tout même.

## CHAPITRE 11

— T'es une lâcheuse.
— Mais non, je ne te ferai jamais ça mais c'est une opportunité en or, tu peux le comprendre non ?
Ouais tu parles, ce que je comprends c'est qu'elle déteste servir des petits fours à des gens riches et qu'elle a fait des pieds et des mains pour obtenir une place à la bibliothèque du campus. Mais comme je me suis engagée à l'aider, ben me voilà coincée dans ce job pourri, habillée en soubrette. Tout ça pour que sa tyran de mère arrête de la faire culpabiliser d'être partie faire des études. Non mais c'est quand même le monde à l'envers.
Comme je ne dis plus un mot, ma meilleure amie se ronge un ongle, puis deux et m'observe du coin de l'œil. Elle déteste les conflits et se met toujours dans des états pas possible pour une broutille. Mais elle est quand même en train de m'abandonner à mon sort.
— Allez Beth, m'en veux pas steplé. Mais je vais avoir affaire à tous les chargés de cours, je vais ranger et classer des romans. C'est une super expérience pour moi.
— Tu parles, tu le faisais déjà gratuitement à Wellsville.
— Oui mais ici, c'est bien plus grand et ça fera super sur mon CV. Je sais que tu me comprends.
— Évidemment que je te comprends. Je vais essayer de me trouver un boulot dans un journal qui rapporte comme ça j'arrêterai aussi.
Elle étire un coin de sa bouche comme si elle tentait de résister à un sourire moqueur. Je ne suis peut-être pas si discrète que ça, après tout.
Parce que si je suis honnête, me balader au milieu du gratin de la fac et glaner des informations dans tous les coins, j'adore ça.

Je suis toutes les conversations tout en étant transparente. Personne ne se méfie de la serveuse potiche et de son plateau. Mais ce que certains ne savent pas, c'est que j'ai déjà recensé pas mal de scoops que je compte bien mettre par écrit. J'envisage même de prendre un pseudo pour écrire mes articles histoire qu'ils ne ternissent pas mon image d'étudiante modèle et respectable.
Il est plutôt difficile d'imaginer que le doyen de la fac ait une relation extraconjugale avec l'une de ses plus brillantes étudiantes depuis deux ans déjà. Sans que personne ne s'en soit jamais rendu compte. Et en une soirée, j'ai repéré direct leur petit manège. J'ai même réussi à obtenir le lieu et l'heure de leur rendez-vous hebdomadaire. Ils sont malins. Elle est inscrite en cours de japonais.
Mais elle le parle depuis sa plus tendre enfance et n'a absolument aucune difficulté à réussir brillamment ses examens sans assister au moindre cours, ce que peu de gens savent mais que j'ai découvert en passant un coup de fil au cabinet de son père qui s'était justement absenté pour retourner au japon voir des amis qu'il a gardé depuis ses années de vie là-bas.
Ensuite, j'ai croisé les possibilités avec l'emploi du temps que j'ai réussi à subtiliser à la secrétaire du doyen pendant qu'elle débourrait l'imprimante dans laquelle j'avais envoyé des copies agrafées. Une véritable horreur qui m'a donné le temps de faire des captures écrans des trois derniers mois.
Et des trois prochains. Ensuite, il a suffi de regarder ses tenues quotidiennes pour savoir que c'était le jeudi qu'elle sortait la jolie robe et les escarpins et que bingo il y avait un rendez-vous avec un professeur tous les jeudis dans l'agenda du doyen.

Professeur qui lui-même ne se gêne pas pour fricoter tous les jeudis à la même heure mais avec différentes étudiantes lui. Je ne suis même pas étonnée qu'elles se bousculent au portillon, après tout, être un brillant historien dans une faculté aussi réputée que Dartmouth, ça rend sexy, c'est bien connu.
Ce qui me chagrine dans cette histoire, c'est de ne pas pouvoir en parler avec Ezéchiel. Parce que j'aimerais lui dire ce que j'ai découvert, j'aimerais partager ce scoop qui pourrait bien ruiner sa carrière et sa vie. Mais je ne le fais pas. Car je sais déjà ce qu'il me dirait. Que je perds mon temps avec des informations qui n'intéressent personne. Que les coucheries ne sont que le caniveau de la presse d'envergure et que ce n'est pas comme ça que je ferai carrière. Mais il a tort. Parce que ce qu'il ne voit pas, c'est que cette étudiante a réussi brillamment tous ces examens car elle a été favorisée. Qu'elle sortira à la fin de l'année avec des entretiens chez les meilleurs cabinets d'avocats du pays alors que d'autres ont trimé bien plus qu'elle et que cette injustice me file la gerbe. C'est à cause de coucherie à la con que j'ai perdu mon père. Parce que si mon grand-père ne nous avait pas laissé une famille illégitime, jamais il n'aurait travaillé autant pour leur verser leur part de l'héritage. Tout ça pour que mamie puisse rester dans la maison où elle avait toujours vécu. Et ce, au prix de sa santé et de sa vie. Alors non, on ne s'en fiche pas des scandales sexuels qui mettent en cause des étudiantes et des doyens au carnet d'adresses fleuri. Mais il me faut un pseudo parce que me faire des ennemis dès ma première année n'est pas une option envisageable. Quand je serai diplômée, j'assumerai tout mais tant que mon avenir dépend de cette université, je vais opérer en silence.
— T'es toujours avec moi ?

Je me suis remise à tergiverser en silence et mon amie n'en a visiblement pas fini avec moi.
— Oui excuse-moi.
— Dis, tu viendrais faire du shopping avec moi après les cours ce soir ?
Alors, de un je déteste le shopping et de deux, on n'a pas un rond et tout ce qu'on a, on l'envoie à sa mère alors…
— Du shopping ?
Elle se ronge encore un ongle et pince les lèvres.
— Il me faut quelques trucs et comme je n'y connais rien, j'aurais besoin de ton aide.
Là, elle titille ma curiosité encore plus.
— Quels trucs ?
— Bon ça va, ne fais pas ta garce. J'ai besoin de lingerie sexy. Parce que…
Oula, on a sauté quelques étapes apparemment. Et je ne me suis rendu compte de rien.
— Parce que ?
— Parce que je me sens prête et je veux avoir ce qu'il faut pour le moment idéal.
La pauvre, elle va forcément être déçue. Tous les hommes sont décevants au départ.
— Le moment idéal n'existe pas, tout comme l'homme idéal d'ailleurs. Mais oui, je viendrai avec toi. Avec plaisir même. Et j'en profiterai pour regarder aussi. Par contre, il nous faut une boutique en solde parce que je te rappelle qu'on est fauché.
Elle acquiesce en silence et je reprends le cours de mes pensées.
Alors ce pseudo, on en est où ? Quitte à devenir la nouvelle Gossip Girl de la fac, autant faire péter un nom bien trashy !
— Au fait Beth, t'as revu Coop ?
—Hanhan.
— Et ?

— Hanhan.
— Allez raconte ! Il te drague non ?
— Tous les mecs draguent.
— Oui mais ils ne te draguent pas tous, toi !
Ok, elle ne va pas me lâcher.
— Quelle est la question exacte que tu veux me poser, vas-y direct.
— Tu vas sortir avec lui ?
— Possible. Je n'ai rien décidé encore.
Il faut que je fasse sortir Ez de ma vie, enfin de mon lit. Enfin que j'arrête de baiser avec lui. Mais je n'y arrive pas. Et je ne peux pas envisager une seconde de voir les deux en même temps.
— Et toi, tu vas finir par me dire qui est ton amoureux secret ?
Je sais que nous avons convenue de rester discrètes tant que rien n'est sérieux mais si on en est à prendre rendez-vous pour de la lingerie, c'est que les choses évoluent bien quand même.
— Je ne te dirai rien tant que tu ne me diras rien.
— Ben je viens de te dire que je vais peut-être sortir avec Coop.
— Non, je te parle de ton sexy baiseur. Ne crois pas que je suis dupe. Je sais que c'est toujours le même et que tu le vois bien plus que tu ne veux bien me le faire croire.
Tout à coup, j'ai des remords parce qu'en couchant avec notre tuteur, je prends quand même le risque qu'elle soit impactée par une éventuelle querelle. Cela dit, ce n'est pas le genre d'Ezéchiel, bien au contraire.
Et c'est pour cette raison que je dois lui résister et mettre un terme à tout ce sexe si passionnel, si vibrant et si excitant. Parce que ce qu'on dit à propos de l'interdit, ben c'est vrai, ça pimente.

## CHAPITRE 12

Des révisions, des révisions et encore des révisions, à n'en plus finir. C'est la folie. Jamais je n'aurais cru avoir autant à faire pour assurer mon avenir. Je suis du genre bosseuse à fond et j'ai en plus des facilités de mémorisation. Mais même si je ne fais que ça, il y en a encore plus à savoir, à lire, à faire.
— Tiens, bois ça sinon tu vas tomber sur la table.
Je suis encore à la bibliothèque en train de peaufiner un article pour le journal quand Ezéchiel me surprend en venant s'installer à côté de moi. Nous n'avons pas rendez-vous mais comme je n'ai rien mangé de la journée, j'accepte sans broncher le coca qu'il me tend. Et lorsqu'il sort un bagel de son sac, je le lui vole des mains.
— Ok, il était pour toi de toute façon.
Je lui souris, la bouche pleine de saumon et de fromage frais. Parce qu'il est super craquant aujourd'hui. Il a troqué sa chemise et son pantalon contre un ensemble de jogging bleu marine et des baskets et ça lui va tellement bien. C'est le genre d'homme à qui tout va, du costume trois pièces à la chasuble de basketteur.
Lorsque sa chaise se rapproche encore davantage de la mienne et que je sens son souffle contre ma nuque, je ne peux plus ignorer ou faire mine d'ignorer sa présence. Dès qu'il s'approche de moi, c'est tout mon être qui s'ébranle. Je parviens à garder la maitrise de mes gestes mais cela me demande un effort considérable. Et mon souffle se coupe. J'avale ma bouchée de pain et il dépose un baiser juste au creux de mon oreille. Je crois que c'est la première fois qu'il fait ça dans un lieu public. Et ça me fait tout chaud dans le ventre. Je ne peux pas dire que la sensation est désagréable mais disons qu'elle est perturbante.

— Et si quelqu'un nous voyait ?
Il dépose un second baiser sous ma mâchoire cette fois et je ne bouge pas.
— Est-ce que cela serait si terrible ?
Attends, quoi ? Il me fait quoi là ? Je croyais que les choses étaient claires entre nous. Juste du sexe et du boulot, rien d'autre. Alors ses petits bisous, il est grand temps qu'il les remballe. Pourquoi est-ce que je ronronne quand sa légère barbe de deux jours vient caresser la peau de ma joue ? Merde !
— Il n'y a personne ici, Kansas girl et ce depuis un moment. Ils ne vont pas tarder à fermer, tu ferais bien de rentrer chez toi avant de te faire prendre en chasse par le grand méchant loup.
— Oh mais je croyais que c'était toi, le plus grand prédateur des environs ?
— Exact. Tu commences à retenir les choses que je t'apprends on dirait. Mais je ne suis pas dispo ce soir, demain peut-être.
— Je suis une bonne élève. Allez, ne fais pas attendre ton rencard, je dois y aller moi aussi de toute façon.
Est-ce que ça me fait chier de savoir qu'il a mieux à faire que de passer du temps avec moi ? Est-ce que ça me fait vachement plaisir qu'il prenne soin de m'apporter à manger car il sait que je n'y ai pas pensé de la journée ? Évidemment pauvre nouille. Mais chut !
Il lève un sourcil et son sourire narquois barre tout son visage. Pourtant, je devine un tic nerveux à la façon dont les muscles de son cou se tendent.
— T'as un rencard avec Moore ? Il te présente à son popa ?
Bingo, il est jaloux. Et j'adore ça !
— Non, il veut juste réviser un cours avec moi. Il paraît que je suis une tronche.
Il souffle avec dédain.

— Évidemment que t'es brillante. Cela dit, l'être plus que lui n'est pas si compliqué.
Un compliment, je ne retiens que ça. Parce que flatter mon cerveau est encore mieux que me trouver jolie à mes yeux. Bien que j'aime assez la façon dont ses yeux virent au noir quand il me regarde comme ça, faisant grimper la température de mon corps de plusieurs degrés.
— Tu vas finir par me mettre en retard si tu n'arrêtes pas de me dévorer des yeux.
— Oh comme j'ai envie de te renverser sur cette table pour te donner une leçon particulière.
J'avale à nouveau ma salive et pourtant j'ai la bouche sèche tout à coup. Je suis comme prise dans les filets d'un prédateur bien trop beau pour que je ne lui résiste. Je m'approche sans même le décider réellement.
— On ferme dans deux minutes jeunes gens, veuillez ranger vos affaires…
Nous ne sommes qu'à quelques millimètres l'un de l'autre. Prêts à nous sauter dessus. Je ressens un désir pour lui que je n'arrive pas à maîtriser sans ressentir une douleur dans tout mon être. C'est ça qu'on appelle le manque ? Je ne sais pas mais ça fait mal. Surtout que nous savons tous les deux que l'instant est gâché. Il se lève, son sac à dos collé au ventre et sans un regard quitte la bibliothèque me laissant pantelante et alanguie.
Lorsque je me retrouve dehors, le froid de l'hiver me fouette le visage et permet à mon corps de retrouver une température plus convenable.
— Je pensais bien te trouver ici.
Cooper m'a surprise et j'en sursaute de peur.
— Tu m'as fait peur Coop !
— Désolé. Je discutais avec King, je pensais que tu nous avais vus.

Il désigne du doigt mon tuteur qui s'enfuit à petites foulées et je détourne le regard car je suis encore très troublée.
— Ok, on marche ensemble jusqu'à chez moi. Il y a une salle commune dans laquelle on devrait être tranquille pour réviser.
Il observe sa montre et mon bagel que je tiens à la main.
— Tu n'as pas dîné ? Je peux t'inviter ?
Je sais bien qu'il ne parle pas uniquement de bouffe et que je l'intéresse. Il me l'a clairement fait comprendre et bien que je sois flattée, je n'ai pas envie d'accepter. J'avais pourtant décidé de le faire mais plus j'avance et plus je me dis que ce que je vis avec Ezéchiel, bien que très spécial et pas vraiment catholique, ben j'aime ce que ça me fait ressentir.
— Non, ça va aller, je vais grignoter sur le chemin. Tu veux qu'on s'arrête te prendre un truc ?
— Non, merci, je te demandais ça mais j'ai déjà dîné. Peut-être une prochaine fois alors ?
Je ne réponds pas et à la lueur qui cesse de briller dans ses yeux, il a compris je crois.
…
Une fois les révisions terminées et ma douche prise, je m'affale sur mon lit et entreprends d'en apprendre plus sur Ezéchiel King, l'homme le plus énigmatique que j'ai rencontré et dont je suis peut-être en train de tomber en admiration. Non, je ne dirai pas le mot que l'on ne doit pas prononcer car il est proscrit de mon vocabulaire.
— Voyons, voyons ce que nous savons.
Ezéchiel vit dans la fraternité dans laquelle je suis tombée lors de ma première sortie d'après match. Il n'est donc pas sur le campus étudiant comme moi mais un peu à côté. Sa fraternité est la plus proche de chez moi, ce qui pourrait être une bonne chose si on décidait de se voir plus souvent.

Ou plus officiellement. Il est brillant. Il semble connaître tout le monde. Mais je ne sais rien de ses origines, de sa famille. Il a une très jolie voiture avec laquelle je l'ai déjà vu arriver et j'en conclu donc qu'il a les moyens. De plus, il est toujours très bien habillé, propre et possède une plastique irréprochable. Qu'il entretient avec soin. Epilé sur la totalité du corps, il n'y a rien qui dépasse nulle part. Je tape son nom dans la barre de recherche Google et des images de match de baskets inondent mon écran. Puis viennent les profils des réseaux sur lesquels je furète un moment, m'assurant de ne pas y voir de jeune femme qui reviendrait régulièrement. Tiens, il y en a une où nous sommes tous les 3 avec Daisy. Prise au début de l'année, je ne m'en souvenais même plus. Et en légende, il a écrit : mes challenger's girls. Évidemment, les commentaires sur nos physiques y vont bon train et je préfère ne pas les lire.
En revanche du côté de sa famille, je ne trouve pas grand-chose alors je décide de lui envoyer un message.
[Vous me donnez du fil à retordre Ezéchiel King.
Votre passé semble bien mystérieux.]

[Tu me stalkes sur le net ?<br>Sérieux ?<br>T'es folle de moi !]

[Curieuse surtout.
Qui es-tu ?]
[Ton pire cauchemar… ou ton plus beau rêve, va savoir !]
Il se moque de moi durant les quinze minutes suivantes et j'avoue prendre un immense plaisir à imaginer qu'il m'accorde ce temps qui est à ses yeux aussi précieux que le mien.
[Si tu veux en savoir plus, alors viens me retrouver le 22 à 21 h à l'adresse que je t'enverrai demain.]

Il me file un rencard. Et cette fois-ci, ce n'est pas une douleur dans le ventre que je ressens mais bien cette saloperie d'invasion de papillons dont parlent les satanés bouquins de Daisy. Je n'ai pas demandé à ce qu'ils viennent piétiner ma quiétude intérieure mais j'ai bien l'impression que tant qu'il sera dans les parages, ces sales bêtes vont me torturer. Et pour ne rien arranger à la situation, voilà que je lui envoie un gift qui valide cette invitation d'un salut militaire.
Brrrrr…

## CHAPITRE 13

Je n'ai qu'une adresse, rien de plus. Et je reconnais que je trouve ça très excitant. Je dirais même que c'est carrément le truc le plus grisant de ma vie. Nous avons rendez-vous dans l'endroit secret à 20 heures et comme nous sommes vendredi et qu'il n'y a pas de match, j'espère pouvoir profiter de lui pour toute la nuit. Nos derniers échanges sont chaque fois plus sensuels, plus torrides. Quelque chose a changé entre nous. Je ne saurais dire quoi mais j'ai besoin de passer du temps avec lui. J'aime l'entendre parler de mes articles, de mes dissertations et de mon parcours scolaire. Du sien aussi mais les occasions sont bien plus rares, il est assez secret finalement. Il a toujours un regard lucide et sans affect. En réalité je crois que je l'admire et que c'est pour ça qu'il me fait craquer. Parce que si je suis honnête, son physique me plaît mais pas autant que sa personnalité. Et puis cette façon de se prendre pour mon professeur, de m'enseigner des choses, j'adore. Son esprit logique et implacable me stimule et son regard vif et acéré me fait de plus en plus craquer. Évidemment je m'en défends auprès de lui et je tiens mon rôle. Mais si ce soir, il baisse les armes, il se pourrait que j'en fasse de même. Après tout, avoir un allié serait peut-être une bonne chose. J'ai toujours imaginé qu'en dehors de Daisy, personne ne percerait jamais mon intimité et que je n'aurais besoin de personne d'autre. Mais j'avais peut-être tort après tout. Ezéchiel est typiquement le genre d'homme qui pourrait parfaitement me convenir. Stimulant, ultra sexy et indépendant. Tout ce que je recherchais sans même le savoir.
Bref, je me regarde une nouvelle fois devant le miroir.

J'ajuste la bretelle de mon soutien-gorge et j'observe mes fesses dans ce tanga violet que je viens de m'offrir.
Daisy et moi avons choisi un ensemble chacune. Là où elle est partie sur une dentelle noire simple mais féminine qui lui va super bien, moi j'ai misé sur la couleur avec un balconnet qui s'attache grâce à un lien qui passe dans mon dos et revient sur ma taille et un tanga assorti. Le tout violet foncé et je reconnais que j'adore voir cette couleur sur ma peau. Elle rehausse mes cheveux noirs, mes yeux sombres et mon teint pâle. Bref, j'adore.
— Et tu comptes y aller comme ça ?
Daisy qui attend pour pouvoir s'admirer à son tour me pousse d'un coup de hanche sur la fesse. Je lui cède la place et elle ouvre sa bouche autant que son œil quand elle y applique généreusement son mascara.
— Tu sors ce soir ? Je ne savais pas.
J'interroge mon amie car je la vois changer. Elle se maquille un peu plus, change de garde-robe petit à petit. Mais le plus grand de ses changements reste ce silence entre nous. Avant, elle me racontait absolument tout et depuis que nous sommes à la fac, c'est comme si elle faisait une crise d'adolescence. Sauf que je ne suis pas sa mère et si je la questionne c'est juste parce qu'elle est mon amie. Je ne la jugerai jamais. Et cette distance me fait un peu mal, je l'avoue.
— Oui, je dois dîner avec lui. Je mets du rouge à lèvres ou pas ?
— À mon avis, je dirai non, parce que si tu lui bouffes la gueule au restaurant, tu vas lui en mettre partout.
Elle hausse les épaules et s'en tartine une bonne couche sur les lèvres. Son sourire est à la limite entre la provocation et la mélancolie.
— Si seulement ça pouvait dissuader toutes les nanas qui lui tournent autour.
— Tant que ça ? C'est un sex-symbol ton mec ou quoi ?

Je n'en dis pas plus car je sais qu'elle ne voudra rien me dire. Mais ça confirme mes soupçons. Elle doit avoir une relation avec un des mecs de l'équipe de basket. Je mènerai l'enquête plus tard car je dois retourner à la bibliothèque pour faire une recherche sur la constitution de notre pays avant d'aller rejoindre Ezéchiel.

— Disons qu'il attire les regards, oui. Ça me gêne parfois d'ailleurs.

— Ben dis-le-lui alors. S'il t'aime, il saura te rassurer.

Elle sourit à son reflet dans le miroir et acquiesce.

— Tu as raison. Bon allez, je file.

J'ai aussi intérêt à me bouger si je ne veux pas être en retard à mon rendez-vous. Surtout que je sens bien que cette recherche va me prendre du temps. Ezéchiel m'a conseillé un article qui traite du sujet dans une revue de la fac datant d'il y a au moins vingt-huit ans, j'en ai pour un moment avant de tomber dessus.

Alors que j'arrive devant l'immeuble indiqué par l'adresse, je découvre une bâtisse superbe, en brique avec de grandes baies vitrées aux trois étages qui le composent. Nous sommes dans un quartier tranquille qui doit être assez coûteux car le centre de la ville est à quelques centaines de mètres à peine. Il fait nuit noire et quelques flocons de neige commencent à voler autour de moi.

Cette année elle est tardive selon les dires de tous les gens du coin, faute au réchauffement climatique. Moi, ça ne me dérange pas, je grelotte dans mon manteau et je crains le pire pour le début d'année prochaine. Je m'approche du porche et découvre un interphone sur lequel figure le nom de mon amant. Je sonne et il m'ouvre rapidement.

Lorsque je monte dans l'ascenseur, mon portable vibre. Un message indiquant le troisième étage m'y attend. Mon estomac fait des bonds.

Pourtant je sais que je vais le retrouver lui et que je n'ai pas à avoir peur. Pourtant, j'appréhende. J'imagine que nous serons seuls tous les deux et c'est une première. Nos entrevues se déroulent le plus souvent dans des lieux publics. Et bien que je ne sois pas adepte de l'exhibitionnisme, je trouve toujours cela excitant. Et je sens bien que ce soir, ça sera différent. J'ai envie et j'ai peur, de façon égale. Un dernier regard dans le miroir, je rajuste mon sac sur mon épaule et je toque à la porte. J'entends une musique classique qui s'échappe de l'appart et lorsqu'il ouvre la porte, son sourire efface tout. Il sourit tellement que ses yeux en sont affectés aussi. Je l'imite et son bras vient s'enrouler autour de ma taille. Et ça y est, j'ai chaud. Plus aucune trace du vent glacial, de la neige ou de l'hiver, sa simple présence, sa main contre mon corps, suffisent à me réchauffer.

— Je t'attendais, entre !

D'un geste il me fait entrer et la porte claque dans mon dos quand ses lèvres viennent capturer les miennes. Je m'accroche à ses épaules alors qu'il me dirige dans un couloir, puis dans une vaste pièce ouverte. Lorsqu'il me lâche, je constate qu'il est pieds nus et que son jean tombe bas sur ses hanches. Tiens, je ne le connais pas celui-là. Il est torse nu et je laisse mes doigts effleurer ses pectoraux si joliment dessinés sur son corps parfait. Un frisson le parcourt et ses yeux embrasent les miens. Le tourment, la tempête, les abysses, tout y passe.

— Pourquoi est-ce si vibrant entre nous ?

Il pose cette question avec une pointe de regret. Enfin, je ne sais pas. Mais je sens dans sa voix que ça lui est presque douloureux de le reconnaître.

Et il a raison. Nous sommes deux esprits indépendants et nous luttons tant et plus pour conserver nos limites et nos armures autour de nous. Mais entre nous, il y a un truc spécial.

Un truc qui ne s'explique pas et qui ne se commande pas. Je réalise depuis quelques semaines et je crois que lui aussi.
— Parce que je suis une fabuleuse amante et que tu adores quand je te fais l'amour !
Je tente d'être drôle pour changer de ton mais ses yeux ne mentent pas. Ezéchiel n'est pas le genre d'homme à faire les choses à moitié. Quand il n'est pas content, il hurle, quand il travaille, il s'acharne mais quand il désire, il vous consume. Et il me veut, ça l'effraie mais il me veut.
— Dis donc Kansas Girl, tu deviens prétentieuse on dirait.
Juste, je suis juste, sans aucune présomption, ni aucun fard. Il le sait aussi bien que moi et je ne cille pas sous son air moqueur. Parce que nous savons tous les deux ce qui se joue en ce moment.
— Non, mais ce que ça te fait, je le comprends bien parce que je vis la même chose.
Je profite d'avoir toute son attention pour laisser tomber au sol mon manteau, mon sac à main, mon écharpe et même le gros gilet en laine que j'ai enfilé directement sur ma lingerie. Je me retrouve donc en dentelle et bas de soie devant lui. La pupille de ses yeux rétrécit encore davantage et il lèche sa lèvre inférieure. Mon Dieu ! Ce qu'il est beau quand il lutte contre son feu intérieur.
Il prend le temps de m'observer lentement, de détailler ma poitrine, puis mon ventre, mes jambes aussi et son rictus s'affiche face à mes pieds toujours dans mes grosses bottes dont il prétend avoir horreur.
— Dinons d'abord. Je meurs de faim.
Puis il me laisse plantée là et se dirige vers la cuisine. Outre la frustration que je ressens, je réalise alors que ça sent bon autour de nous.
Il a dû préparer un repas.

Mes yeux découvrent cet endroit qui, à n'en pas douter, lui appartient. Tout ici lui ressemble. Des photos en noir et blanc retraçant des matchs de basket d'un autre temps, à des coupures de presse sur les plus grands scandales des États-Unis, tous encadrés et accrochés au mur blanc d'un intérieur sobre et épuré. Un meuble en bois trône sur le mur du salon menant à une baie vitrée qui scintille des mille éclairages de la ville étendue devant nous. Je passe la main dessus et note intérieurement que c'est le seul meuble qui ne colle pas avec le décor moderne de cet endroit.

— Il vient d'où ce meuble ?

Mes yeux contemplent la ville quand j'entends les pas d'Ezéchiel derrière moi.

— D'un arbre.

Il est juste derrière moi et me renvoie dans mon camp. Il ne se confiera pas ce soir. Je viens de le comprendre. Mais ma présence ici prouve quand même que nous progressons. Lorsqu'il me tend un verre de vin, je grimace.

— C'est un vin français, ne fais pas cette tête.

— Je ne bois pas d'alcool. Peu importe d'où il vient, je n'aime pas ça.

Il hoche la tête.

— Tu manques de souplesse Kansas Girl. Un coca ?

Il fait demi-tour et quand il ouvre la porte de son réfrigérateur, j'observe son profil fin et racé dans la lumière industrielle de son électroménager. Ezéchiel est le genre d'homme que tout le monde admire mais que peu osent approcher. Il est si beau et si suffisant qu'il en devient parfois effrayant. Ce n'est pas un gentil garçon, ça je le sais, et ça se voit.

Il me tend la canette car je me suis approchée de lui et sans un mot, me désigne une assiette sur un bout de plan de travail.

Sa cuisine semble sommaire bien que tout le nécessaire y soit. Il s'installe à côté de moi sur un tabouret haut et commence à manger après avoir pris une gorgée de vin. Le silence entre nous ne me pose aucun problème. Nos corps, nos yeux et nos désirs parlent pour nous. Cette façon de regarder mon bras bouger, de fixer ma fourchette lorsqu'elle entre dans ma bouche, de jouer avec son verre en passant sa langue dessus après avoir bu un peu. Tout est érotique. Mon estomac est noué et malgré que ses linguines semblent délicieuses, je picore plus que je ne mange. Je n'oublie pas non plus que je suis toujours à moitié nue face à lui. Il a donc le loisir d'observer ma chair de poule à chaque fois qu'il m'effleure du bout des doigts. Et quand il vient à bout de son plat, il en termine avec mon insatiable désir.

— Maintenant, je vais te baiser. Fort. Longtemps. Et après tu goûteras mon dessert.

Je ne réponds pas, je n'attends que ça. Et il n'a même pas besoin de se lever pour me rapprocher de lui et me basculer sur ses genoux. Face à lui, mes cuisses autour de ses hanches, j'en profite pour me débarrasser de mes bottes grâce à mes talons. Lorsqu'elles tombent au sol en un bruit lourd et sonore, il me sourit avant de prendre possession de ma bouche, de mes tétons, de mon sexe et de toutes les parties de moi dont il a envie. Je me cambre pour lui faciliter l'accès mais je ne l'entreprends pas de mon côté. Je le laisse faire. J'ai compris depuis un moment qu'il aime diriger, donner des leçons et pour l'heure, ça me convient parfaitement. Mon tour viendra. Mais avant, il faut qu'il gagne, c'est comme ça qu'il fonctionne.

Quand il me soulève pour me déposer sur le bar sur lequel nous venons de dîner, j'écarte les cuisses après qu'il m'a retiré ma culotte.

Je porte encore mes bas, et lui son jean.

Il ouvre sa braguette, enfile un préservatif sur son membre dressé devant moi et après une caresse de sa main sur mon sexe pour s'assurer que je suis prête, il sourit et me pénètre d'un coup. Il bascule mes genoux sur ses épaules et je me laisse glisser sur le dos alors qu'il me prend sauvagement. Son rythme accélère à la même vitesse que mon plaisir. Nous sommes au diapason. Il pose une paume sur mon thorax, me maintenant allongée sur le plan alors qu'il se déchaine entre mes jambes. Je sens une boule de feu se créer en moi, monter, monter et tout emporter sur son passage au moment où je le vois pencher sa tête en arrière en signe d'extase. Mon corps tout entier exulte de cet orgasme plus puissant qu'aucun autre avant et je crie son nom comme un aveu que je ne pourrais plus retenir. Nos souffles sont erratiques mais nos cœurs, eux sont parfaitement synchro.

— C'est tellement bon, c'est effrayant.

J'ai envie de lui dire que je pense comme lui mais que si nous sommes tous les deux dans cet état, c'est qu'il y a une raison et que nous devons commencer à y croire. Mais je ne peux pas. D'abord parce que je suis si essoufflée que je mets encore quelques minutes avant de retrouver mon souffle mais surtout parce que j'ai peur, au moins autant que lui.

Nous mangeons son dessert en discutant de ses cours, des miens, de nos examens qui arrivent et je le sens plus détendu à présent. Pourtant, il y a dans son regard quelque chose qui m'effraie. Comme s'il ne pouvait pas s'abandonner complètement. Et comme je connais bien le problème, je ne creuse pas, je laisse faire le temps et pour une fois, je ne pense pas à demain, je savoure.

Vers minuit, après un second round plus délicat sur le canapé du coin salon, je rassemble mes affaires, prête à commander un taxi pour rentrer chez moi.

J'enfile mes Doc Martins et je noue mon gilet autour de ma taille quand il vient se coller à moi, totalement nu, dans mon dos.

— Reste !

Alors ça, ce n'est pas une vague surprise, c'est un tsunami. D'abord je n'avais pas prévu de rester mais surtout, je n'en reviens pas qu'il me le propose. Son ton est presque suppliant et je fais volte-face pour l'enlacer.

— Alors qui est amoureux à présent ?

Il lève un sourcil et dépose un baiser sensuel sur mes lèvres. Il est bien plus grand que moi mais je peux sans peine me pendre à son cou car il a largement la force de me retenir.

— Je te propose une nuit, pas toute la vie Kansas Girl.

La pique se veut drôle mais elle ne l'est pas en réalité. Pas que j'envisage réellement une vie avec un homme quel qu'il soit mais ça fait quand même chier qu'il le verbalise.

Cela dit, ce soir, je n'ai pas vraiment envie de le quitter alors je le laisse m'ôter mes vêtements un à un pour me retrouver totalement nue devant son regard plein de désir. Et quand il m'embraque dans sa chambre et me jette son maillot de basket, je l'enfile avant de me glisser sous les draps avec lui.

— J'aime te voir le porter.

— Ça flatte ton égo surdimensionné, n'est-ce pas ?

— Pas que.

Je sais bien que c'est faux, qu'il est comme la plupart des hommes de ce monde, possessif et autoritaire. C'est d'ailleurs leur principal défaut. Mais je m'en moque. Je reste positive et désinvolte. En espérant très fort que ça finisse par faire ralentir les battements de mon cœur, bien trop affolé en sa présence.

— Bon, je reste mais je dois dormir, demain j'ai du boulot.

— Moi aussi, qu'est-ce que tu crois.
Ce qui ne nous empêche pas d'écourter notre première nuit ensemble à plusieurs occasions quand même.
C'est tellement bon de le sentir si près, d'avoir son odeur comme compagnie et ses cheveux comme doudou à caresser. Je sais bien que ça ne devrait pas, mais je crois que je commence à réellement tomber amoureuse. Et pour la première fois de ma vie, au creux de ses bras, je n'ai plus peur. Dieu que ça fait du bien. Le simple fait d'arriver à verbaliser ce mot dans mon esprit, suffit à me prouver que je suis cuite.

## CHAPITRE 14

Vers 15 heures je regagne ma chambre universitaire après une nuit de rêve, une matinée à bosser mes cours sur son ordinateur, nue depuis son lit. Et que dire de ce déjeuner crapuleux qu'il m'a offert et qui me laisse toute courbaturée à présent.
Je passe la porte de la chambre et jette mon sac sur mon lit. J'enfile vite mon peignoir et file me doucher. Daisy est allongée sur son lit et elle semble rêvasser quand je reviens, fraîche et prête à passer le reste de la journée avec ma meilleure amie.
— Beth…
Son ton presque mielleux et le sourire qu'elle me fait me donne immédiatement envie de sourire à mon tour. Je ne sais pas ce qu'elle va me dire mais pour une fois, je suis détendue et sereine et moi aussi, j'ai bien envie de lui parler de ce que je vis.
— Dais'…
— Je l'ai fait. Hier soir, je l'ai fait. Et c'était…
Oh My God !
— Non, hier soir ? Pour de vrai ? Avec ton basketteur ? Et ? Raconte !
Elle se laisse retomber sur son matelas et soupire.
— C'était super. Enfin non, pas super, mieux que ça. Mais comment tu sais qu'il joue au basket ?
Quelle naïveté ! Oh putain, elle va me jouer la version conte de fées. Merde alors. Il doit être doué son sportif pour lui faire avaler que ça ne fait pas mal et que c'est le plus beau jour de sa vie. Non parce que se faire déchirer l'hymen, dans mon souvenir, c'était loin d'être le pied.
— Vraiment ? Pas douloureux du tout ? Il a une petite bite ?

Elle me lance un regard noir et se reprend. Je peux voir à son visage qu'elle est sur un petit nuage. Et pour de vrai, je suis super heureuse pour elle.
— Si un peu, enfin surtout au début. Mais il a été tendre et délicat et du coup, ça restera un très beau souvenir. J'aimerais ne jamais oublier ce que je ressens actuellement pour pouvoir le revivre dès que j'en aurai besoin.
Je l'observe et en effet, c'est infime mais quelque chose a changé. Ce mec lui a pris sa virginité et en la lui abandonnant elle devient plus… je ne sais pas exactement… plus femme, plus entière. C'est étrange mais c'est la vérité.
— Je suis très heureuse pour toi, pour vous. Vraiment. Et je veux des détails. Tous les détails.
Je me jette sur son lit et me blottis contre elle pour recueillir son ressenti.
— Promis, je te dirai tout mais avant, où étais-tu cette nuit ?
Ah, moi aussi j'ai envie de lui raconter. De tout lui dire. Mais je ne suis pas prête à subir tous ses questionnements et encore moins à devoir rendre des comptes à notre tuteur s'il apprend que je lui en ai parlé. Alors je reste évasive.
— Je suis restée chez lui. C'était la première fois. Mais peu importe, aujourd'hui, c'est toi et moi, dis-moi tout.
Je passe donc le restant de l'après-midi à apprendre qu'il est basketteur, qu'il est grand, qu'il est beau, qu'il ne porte aucun tatouage, qu'ils ont fait l'amour une seule fois et qu'elle est rentrée ensuite. Je suis un peu déçue pour elle qu'elle n'ait pas eu droit à une nuit entière dans les bras de l'homme qu'elle aime. Parce que c'est rudement sympa, ce que je me garde bien de lui faire remarquer.

— Je lui ai parlé de toi, de notre relation. Et il est d'accord pour te rencontrer. Enfin si tu promets d'être gentille. Il compte beaucoup pour moi. Vraiment beaucoup.
— Évidemment que je vais être gentille. Je te le promets. Tu es ma famille, la seule qui compte à mes yeux et je ferai tout pour toi, tu le sais hein ?
— Oui, mais parfois, tu peux avoir des réactions bizarre. Promets-moi que ça ne sera pas le cas avec lui.
Je lève une main sur mon cœur et je prends un air solennel. Peu importe à quel point son basketteur est naze, je me tiendrai bien. Quoi qu'il m'en coûte.
— Juré craché. Si je mens, je vais en enfer.
Daisy explose de rire avant de se rouler contre moi.
— De toute façon, tu iras en enfer. Tu as découché sans me prévenir, vilaine fille. Et ne crois pas que je ne sais pas que tu évites le sujet. Tu vois quelqu'un de manière régulière et ça te rend… je dirais… humaine. Alors je te laisse gérer à ton rythme mais le jour où tu voudras m'en parler, je pourrais faire une trêve dans notre pacte. Parce que je sens bien qu'il n'est pas n'importe qui, hein ?
En effet, elle a mille fois raison mais je suis incapable de le lui avouer. Avoir le rôle de la dure à cuire, de celle qui ne se fait jamais de film et qui tranche dans le vif, c'est parfois lourd à porter mais c'est ma vie et je l'assume. Surtout qu'aujourd'hui, elle me fait vivre par procuration son bonheur et que je savoure, avec elle. Parce que c'est beau, ce qu'elle ressent. C'est innocent et ça me ferait presque envie.
J'ai dit presque, ne vous emballez pas !

## CHAPITRE 15

[Monsieur King, vous partez pour Noël ou vous restez ici ? (investigation personnelle)]

[Vous êtes bien curieuse, Kansas Girl. Suis obligé de répondre ?]

[Je vous l'ordonne en effet !]

[Rangez votre fouet, je reste ici. Je vais en profiter pour travailler pendant que tu te rempliras de dinde.]

[Qui te dis que je vais en manger ?]

[J'ai mes sources.]

[Sont-elles fiables ?]

[Attention, vous devenez insolente Kansas Girl. Je vérifie toujours mes sources. Et celle-ci est ultra fiable.]

Mouais, comme si je savais ce que je vais manger pour Noël. Ma grand-mère me fait la tronche et je vais encore m'incruster chez Daisy à tous les coups. C'est d'ailleurs elle qui a dû lui refiler cette info. Ils se sont vus il y a deux jours pour ses cours et elle est rentrée en faisant la gueule car il lui demande de bosser même pendant les vacances. Je n'ai pas répondu mais je trouve ça tout à fait normal. Ne jamais relâcher la pression, règle numéro un. Et celle-là, je n'ai pas eu besoin d'Ezéchiel pour l'apprendre. Je ne suis pas arrivée à Dartmouth sans effort. Et malgré mes facilités, je bosse dur. Ceci dit, elle aussi. Et puis ça lui fera une occupation pendant ces vacances qui seront éprouvantes pour elle, aucun doute.

Toujours est-il que ce n'est pas la raison de mes messages. Depuis que nous avons passé la nuit ensemble, je crois qu'il y a un lien plus fort entre nous deux.

Et pour être honnête, j'ai envie de le voir encore plus souvent. Il me manque.

Et ce matin, alors que je me lève à peine, je pense déjà à lui. Tout comme hier soir, avant de m'endormir, j'y songeais aussi.

[Vous partez quand ?]

[Vendredi]

Puis-je lui dire ce que je ressens ? Cet espèce de pincement absurde qui grandit en moi à l'idée de passer Noël sans lui. De rentrer chez moi alors qu'il reste à la fac. Je sais bien que Daisy et moi avons convenu de ce voyage et qu'elle va avoir besoin de moi pour affronter les fêtes de fin d'année dans une famille plus que dysfonctionnelle mais si je pouvais faire ce que je veux, je resterais ici, avec lui. Cela dit, il ne me l'a pas proposé non plus. Et s'il devait fêter Noël tout seul ? Après tout, je n'ai pas réussi à en apprendre davantage sur sa famille. Il ne m'en a jamais parlé et tente même de faire diversion quand j'essaie de poser des questions. Pourtant l'imaginer seul me tort le bide. Et je voudrais pouvoir lui exprimer ce que j'ai de plus en plus de mal à me cacher à moi-même, je tiens à lui.

Je tape un message, l'efface et revient encore dessus. Lui s'impatiente visiblement.

[Tu veux me demander quelque chose Kansas Girl ?]

Allez, je me lance, mal équipée et sans filet mais j'y vais quand même. Je repense à toutes les jolies histoires d'amour que Daisy m'a fait lire, à toutes ces fins heureuses et aucune de ces femmes n'a jamais trouvé le bonheur sans s'ouvrir un minimum.

[Tu vas me manquer.]

4 mots, que je n'ai jamais écrits à personne, que je n'ai jamais ressenti. Puisque la seule personne qui compte, c'est Daisy et qu'elle a toujours été à côté de moi.

Au bout de combien de minutes, on a le droit de paniquer quand on écrit à l'homme avec lequel on couche, qu'il va nous manquer et qu'il ne répond rien ?

C'est pour une amie…
Nan, parce que je trouve que ça fait long quatorze minutes, non ?
Je m'affaire à ranger toutes mes affaires pour la troisième fois dans mon sac de cours quand un message arrive enfin.

[Tu es seule ?]

[Oui.]

[Je t'attends en bas.]

Il est là, il est venu me chercher ! Il a aussi envie de me voir. Et mes mots ont dû faire mouche. Car ce n'est pas dans ses habitudes de se pointer ici. J'enfile mon manteau et je m'apprête à quitter ma chambre en vitesse mais à l'instant où j'ouvre la porte, je le retrouve sur le palier, essoufflé et beau comme un diable. J'en fais tomber mon sac à mes pieds et il me fait reculer pour entrer. La porte claque et il la verrouille alors que je n'ai toujours pas bougé. Sans un mot, il s'avance et alors que nous ne sommes qu'à quelques centimètres l'un de l'autre, la tension qui nous entoure s'embrase et le désir qui crépite au creux de mon ventre a raison de moi. Je me jette sur lui, nos corps se percutent. Il me rattrape de ses bras musclés, j'enroule mes cuisses autour de lui et nos lèvres se retrouvent enfin. Les siennes sont douces, chaudes et je les dévore avec délectation. Embrasser Ezéchiel, c'est comme succomber au pire des péchés. C'est transgressif mais tellement jouissif. Je gémis contre lui et aspire chacun de ses râles. Ses pupilles sont si dilatées qu'il en est presque effrayant mais la chaleur de ses bras est incontestablement l'endroit que je préfère au monde. La sensation de ses paumes contre ma peau, c'est mieux que la plus douce des caresses.
J'en oublie ma promesse faite à Daisy de ne jamais ramener de mec dans notre chambre.

De toute façon, je ne sais plus qui je suis, où je suis et ce que je fais mais je m'en fous, je suis avec lui. C'est tout ce qui compte.

## CHAPITRE 16

Je suis officiellement devenue une groupie, une groupie. Si on m'avait dit ça il y a trois mois, jamais je ne l'aurais cru. Jamais. Pourtant je trépigne comme une folle en attendant l'entrée des joueurs. Entourée des remplaçants de l'équipe, je me sens bien. J'adore venir ici. Je pourrais même dire que j'attends avec impatience les matchs. Alors évidemment, il y a surtout un joueur qui m'intéresse mais de façon générale je commence à appréhender ce sport avec plaisir et j'adore l'ambiance qui règne dans le public. C'est le dernier match avant les fêtes et ce soir, Cooper est assis à côté de moi. De toute façon Daisy ne vient jamais. Elle prétexte toujours quelque chose et préfère passer son temps à la bibliothèque. Ce que je comprends. Et puis ça me laisse le champ libre pour mater mon beau brun pendant une heure. Il court vite, il ne rechigne pas au contact et sa peau luisante de sueur me fait un effet dingue à chaque fois. Depuis notre première fois, ici même, juste au fond du gymnase, je garde un souvenir très chouette de ce terrain de sport.

— Alors tu as réfléchi Bethany ?

Cooper me pousse l'épaule avec la sienne alors que je regarde vers l'entrée des joueurs. Le speaker commence à ambiancer la salle et j'ai du mal à l'entendre tellement la foule est excitée ce soir.

— Réfléchis à quoi ?

— Ben à ma proposition de sortir avec moi. Pour… je sais pas moi, dîner, aller au ciné, faire un jogging ?

— Faire un jogging ? Tu m'as bien regardée ?

Il laisse traîner ses yeux sur mes cuisses moulées dans mon jean en simili cuir.

Puis ils remontent sur mes hanches et ma poitrine suggérée par le joli décolleté en V de mon pull en cachemire.

— Je te regarde en effet.

Ses yeux sont si bleus et si purs que c'est difficile de soutenir son regard. Surtout avec cette moue racoleuse. Cooper Moore est un très bel homme et malgré cette gentillesse et cet humour qui le caractérisent, il le sait. Et n'hésite pas à s'en servir. Aussi, je suis embêtée pour lui répondre. Parce que personne ne sait ce que je vis avec Ezéchiel et surtout parce qu'en temps normal, j'aurais sauté sur l'occasion. Pourtant, je ne peux même pas l'envisager.

— Je ne te demande pas de coucher avec moi, mais on pourrait au moins sortir et voir si on s'entend bien.

— Mais là, on est tous les deux, et on est dehors. Que veux-tu de plus ?

Je noie le poisson parce que je n'aime pas l'idée de lui faire de la peine. Coop est vraiment un mec sympa. La preuve, il sourit alors que sa proposition est plutôt mal engagée. Je continue sur le ton de l'humour. Je n'ai pas le choix pour m'en sortir. Quand j'y pense, tous ces sentiments que je n'éprouvais pas avant me parasitent la vie à présent. Je me sens obligée d'être gentille alors qu'il y a encore trois mois je n'en aurais eu rien à faire.

— Et puis si tu ne veux pas coucher avec moi, aucun intérêt, vraiment !

Je ris de ma blague et ça détend l'atmosphère. Il s'approche encore un peu plus de moi et chuchote dans mon oreille.

— N'en sois pas si sûre. Si tu m'en laisses l'occasion, je serai ravi de te faire une démonstration de mon talent. Et j'y mettrais tout mon cœur, je te le promets.

Dis donc, il a sorti les crocs le surfer. Et il se débrouille pas mal à vrai dire.

Sauf que les joueurs arrivent sur le terrain et les applaudissements nous coupent dans notre conversation. Sauvée par le gong, enfin surtout par Ezéchiel qui capte immédiatement mon regard pour ne plus le lâcher. Les vestiaires sont en face de là où nous sommes installés alors je me demande un instant s'il m'a vu discuter avec Cooper et si ça l'a rendu jaloux. Parce que sa mine semble grave, même quand les pom-pom girls lui passent devant le nez pour une révérence et quelques derniers encouragements. J'esquisse un sourire dans sa direction et aussitôt son regard semble s'illuminer. L'effet que je lui fais me remplit le cœur d'amour et me voilà bien incapable d'accepter d'aller, ne serait-ce que jusqu'au bout de la rue avec Cooper.

— Cooper, je ne pense pas que ça soit une bonne idée, nous deux.

Il suit mon regard et un instant, je me demande s'il a compris que j'échange dans le plus grand silence avec King. Puis il baisse la tête et le match commence.

Tous encouragent, crient, hurlent en direction du terrain et j'en fais de même. Mais à la mi-temps, alors que je croque à pleine bouche dans le hot dog que Cooper m'a ramené, il s'assoit près de moi et tout en fixant un point au loin, commence à prendre un air grave.

— Je ne voudrais pas me mêler de ce qui ne me regarde pas mais es-tu sûre de ta réponse ? Non parce que je ne voudrais pas que tu fasses les mauvais choix Bethany. Je t'aime bien. T'es une fille intelligente. Alors réfléchis. Et… Si tu changes d'avis, appelle-moi !

Sans un mot de plus, il se lève et quitte les gradins sans se retourner. Il n'a même pas vu la fin du match. Je me repasse en boucle les mots qu'il vient de me dire et je n'arrive toujours pas à comprendre.

Comment pourrait-il se douter que j'ai une relation avec Ezéchiel ?

Et si c'est le cas, pourquoi me demander si je suis sûre de moi ?
Et quel rapport avec mon intelligence ?
Non impossible, King est mon tuteur, il ne peut rien soupçonner entre nous.
Oh et puis de toute façon, voilà mon merveilleux amant qui revient après une pause. Il attrape une bouteille d'eau posée sur un banc et s'en verse sur le visage avant de s'essuyer dans une serviette. Et moi je craque. Un gémissement s'échappe de ma bouche sans que je ne le maîtrise. Comment peut-on arriver à dix-huit ans de vie et avoir soudain l'envie de tout plaquer pour devenir une goutte d'eau. Une qui aurait l'occasion de ruisseler sur son corps à lui. J'ai envie de le lécher. Brrrrrrr !!!

# CHAPITRE 17

Daisy est excitée comme une puce depuis ce matin. La raison de cet état ? Elle va enfin me présenter son amoureux transit. Celui qui lui fait battre des cils dans tous les sens aussitôt qu'elle me parle de lui. Je reconnais qu'il me tarde de le voir, de les voir tous les deux. Elle a souhaité attendre le dernier moment pour faire les présentations officielles et ça me convient car j'ai eu le temps de boucler tous mes articles avant les vacances. Demain nous partirons toutes les deux pour Wellsville et ne reviendrons à Dartmouth qu'après le réveillon du nouvel an.
Je profite du fait qu'elle ait été faire quelques courses de dernière minute en ville pour emballer le cadeau que j'ai acheté pour mon amant, une écharpe en laine sauvage aussi noire que ses yeux, qui rehaussera à merveille son teint pâle. J'ai bien failli m'offrir la même pour me tenir chaud cet hiver. C'était la première fois que j'achetais un cadeau pour un garçon et finalement, j'ai trouvé assez facilement. J'en ai aussi profité pour me faire faire un maillot de basket au numéro d'Ezéchiel. Depuis qu'il m'a dit qu'il me trouvait sexy dans le sien, j'en voulais un. J'espère avoir le temps de passer chez lui après notre dîner pour le lui offrir. Et le voir une dernière fois avant notre départ.
Je n'ai pas réussi à savoir pourquoi il restait à la fac. La seule réponse que j'arrive à obtenir de lui, c'est que c'est plus calme pour travailler. Mais à Noël en général, on ne travaille pas justement.
Je profite des quelques minutes qu'il me reste pour mettre un tas de fringues en vrac dans mon gros sac.

Je ne compte pas faire des effets de mode pendant les vacances ; je vais lire, travailler et rester en pyjama toute la journée.
Je prends juste une paire de collants et une robe à sequin pour Noël car je ne veux pas entendre la mère de Daisy me faire des reproches pendant toute la soirée. Il n'est d'ailleurs pas exclu que je fasse l'impasse sur ce cérémonial pour aller me balader en solitaire.
Un coup sec contre la porte, me fait tourner la tête et lorsque je vois mon amant entrer en douce, un sourire éclatant s'étire sur mon visage. Ces petites visites impromptues me plaisent de plus en plus. J'adore le sentir si fort et pourtant en train de craquer lui aussi.
— Que me vaut l'honneur de cette visite ?
Il s'approche de moi, sa mine semble grave une fois encore. Et je n'aurais pas le temps pour un petit coup libérateur. J'ai promis à Daisy d'être à l'heure et gentille avec son copain. Je me dois de respecter ma parole.
Il avance vers mon bureau et semble chercher quelque chose.
— Tu as déjà terminé l'article pour la rentrée ?
— Oui mais rassure-moi, tu n'es pas venu ici juste pour t'en assurer, non ? Je te l'enverrai quand il sera parfait.
Il se retourne et me dévisage. Puis il hoche la tête.
— Tu as énormément progressé ces trois derniers mois Bethany. Tu es une vraie étudiante à présent. Studieuse, impliquée dans la vie universitaire. Le semestre prochain, je vais m'atteler à te faire oublier ces affreuses chaussures et tu pourras envisager de postuler dans un journal pour l'été prochain.
À vrai dire, j'y ai déjà pensé mais je ne vois pas le rapport avec mes chaussures.
— Donc tu es venu jusqu'ici pour critiquer mes pompes, bravo !

Je m'approche et me love dans ses bras. Il inspire plusieurs fois dans mes cheveux et dépose un baiser d'une tendresse infinie sur ma tête.
— Tiens, c'est ton cadeau. Tu vas devoir attendre le jour de Noël pour l'ouvrir, pas avant.
Je lui tends le paquet et il semble surpris. Presque hésitant à le prendre. Mais je le lui colle dans les mains.
— Bon, je serais ravie de discuter plus longtemps avec toi mais Daisy m'attend. Elle me présente l'homme de ses rêves et c'est super sérieux alors…
— Je ne veux pas te mettre en retard. Merci beaucoup pour ce cadeau et pour… Tout.
— Je te souhaite de passer de bonnes vacances Ezéchiel King.
— Je te souhaite aussi plein de bonnes choses Bethany Burke.
Nous sortons et je file. Merde ! Je suis déjà en retard.

## CHAPITRE 18

PRESENTATIONS

— Ah te voilà, dis, pourquoi est-ce que je suis stressée au juste ?

Bonne question, elle a d'abord fait des cachotteries sous prétexte que nous avions passé un pacte concernant nos vies personnelles. Puis, elle a décidé qu'elle voulait me le présenter. Et enfin, elle a tergiversé sur le sujet pendant trois jours.

— Je ne sais pas, Je ne vais pas le manger tu sais. Je suis très heureuse pour toi.

— Mais je sais bien. Pourtant, je stresse.

— Ok, alors parlons des examens, tu auras tes résultats quand exactement ?

— Oui bonne idée. Écoute, je ne sais pas mais je pense à la rentrée. En même temps je ne suis pas vraiment pressée parce que je pense avoir quand même bien réussi. Surtout la partie litté…

Elle s'interrompt et tout son visage s'illumine. Il est là, aucun doute. J'en souris moi aussi parce que c'est la première fois que je vois mon amie aussi radieuse et que je réalise que peu importe qui il est et s'il me plaît ou non ; parce que le simple fait qu'il lui plaise autant est suffisant. Je me racle la gorge et replace une mèche derrière mes oreilles. À force de m'en parler, elle a réussi à me refiler son angoisse. Je tourne la tête pour suivre son regard et je tombe sur…

LUI !

…

Et il sourit. Et il avance. Dans notre direction. Il la regarde, elle.

Et je sens une chape de plomb me tomber dessus.

Ezéchiel King est le petit ami secret de ma meilleure amie. Celui à qui elle a offert sa virginité. Et pendant tout ce temps moi je couchais aussi avec lui.
Qu'est-ce que je fais ? Coincée sur cette banquette entre l'homme le plus abominable que je n'ai jamais rencontré et la personne que j'aime le plus au monde en sachant ce que je sais. Et je ne sais plus quoi faire. Je ne ressens plus rien. Je suis en état de choc.
Comment ?
Pourquoi ?
Quand ?
Et qu'est-ce que je fais bordel ?
Je ne sais pas. Il s'approche encore, s'assoit à côté d'elle et dépose un rapide baiser sur ses lèvres. Devant tout le monde, dans ce bar branché. Devant moi !
— Beth, tu vas bien ? Tu es toute pâle.
Si je balance tout, elle va être dévastée. Et si je ne dis rien, elle finira aussi par souffrir et m'en voudra terriblement. Feindre d'être malade c'est en effet le plus simple dans l'immédiat. De toute façon, je crois bien que je le suis. Une nausée monstrueuse me terrasse et ma vue se trouble.
— Je ne me sens pas bien, excusez-moi.
Je me relève d'un bond et me précipite vers les toilettes dans lesquels je rends tout le contenu de mon estomac et certainement aussi une bonne partie de mes sentiments. J'en ai des sueurs froides dans le dos et le fond de cette cuvette me semble refléter mon âme à cet instant. Il est impossible que tout ceci soit un cauchemar mais si ça devait être le cas, je voudrais me réveiller maintenant. Parce que là, c'est pire que tout.
Lorsque je reviens face au petit miroir pour me rincer la bouche et me laver les mains, ma peau est si pâle que je ressemble à un fantôme.
— T'es vraiment la reine des connes Bethany Burke.

Puis je coupe l'eau et rassemble tout mon courage pour y retourner. Ils sont dos à moi et roucoulent sur la banquette comme s'ils étaient seuls au monde. Mon cœur prend un nouveau coup, tel un second coup de poignard sur une plaie déjà bien ouverte. Je sens poindre une vague de tristesse qui m'est étrangère et j'ai soudain besoin de fuir très loin. De ne pas faire face, de me cacher pour panser mes blessures. Voilà ce qui arrive quand on se balade sans armure.

## CHAPITRE 19

— Tu te sens mieux ?
Daisy a décidé de prendre le volant la première pour me laisser le temps de me remettre de cette vilaine intoxication alimentaire que j'ai faite à cause de ma mauvaise alimentation. Elle a décidé de tout ça aussi après être rentrée de son super rencard avec le plus gros manipulateur que la terre ait portée.
Je ne l'ai pas contrariée et j'ai jeté mon sac dans la voiture quand elle a voulu partir avec quelques heures d'avance. La douche glacée que j'ai prise suite à cette révélation n'a pas suffi à me laver du sentiment d'avoir été bafouée, salie et trompée. Ce qui finalement est assez ironique car c'est elle la cocue, pas moi. On ne peut pas être cocufiée quand on n'a jamais été en couple. Et lui et moi n'avons jamais été rien de plus que des amants.
Mais comment je vais faire pour lui dire ça ?
Pitié, qu'on me vienne en aide. C'est la seule relation qui me tient à cœur. La seule. Et devoir lui annoncer que l'homme idéal, celui qu'elle idéalise depuis qu'elle a 8 ans et qu'elle croit avoir enfin rencontré, n'est en définitive qu'un enfoiré de pervers. En réalité, je ne sais même pas comment le décrire parce que je ne comprends absolument rien à ce qui se passe. Et encore moins pourquoi. Comment peut-on délibérément décider de jouer un double jeu avec deux amies aussi proches que nous ? Dans quel but ?
— Zézé était déçu de ne pas avoir pu discuter avec toi.
Je grimace de douleur. Je ne sais pas ce qui est le pire, sa perfidie à lui ou le surnom débile qu'elle lui a attribué.
— Il n'a qu'à m'envoyer un mail. Je te rappelle que c'est mon tuteur aussi.

Mon ton est bien trop acerbe et elle me fait les gros yeux. Je n'ai pas pu m'empêcher. Je souffre et son bonheur me dévaste.
— Tu m'en veux, c'est ça.
MAIS OUI, PUTAIN, JE T'EN VEUX. JE T'EN VEUX À EN CREVER. PARCE QUE T'ES TELLEMENT CONNE QUE T'AS PAS REALISÉ CE QUE JE N'AI PAS REALISÉ NON PLUS. PARCE QUE C'EST TOI QU'IL A CHOISIE ET PAS MOI. PARCE QUE ÇA FAIT UN PUTAIN DE MAL DE CHIEN. ET QUE JE NE SAIS PAS DU TOUT COMMENT GÉRER ÇA !
— Tu aurais pu me le dire.
Heureusement que j'arrive à me contenir parce que la version officieuse serait un tel carnage que j'en ai encore la nausée.
Elle n'a même pas conscience à quel point je suis en transe à l'intérieur et encore moins à quel point ça nous aurait été utile d'en finir avec ses secrets. Si nous avions été plus transparentes l'une envers l'autre, jamais nous n'en serions arrivées là.
— J'avais peur que tu me fasses la leçon. Parce que je sais qu'il n'a pas forcément une super réputation. Mais il n'est pas comme ça avec moi. Il est tendre, doux et il m'aime.
Je ne peux pas retenir la question suivante. Celle qui va me détruire encore plus.
— Il te l'a dit ?
— Oui, le soir où nous avons couché ensemble pour la première fois.
Je crois que je vais vomir à nouveau.
Mais non, parce que mon portable vibre et j'ouvre avant de voir de qui ça vient.

[Il faut toujours recouper les informations, toujours. Tu ne deviendras une bonne journaliste qu'à cette condition.

On se voit à la rentrée.
J'ai hâte !]

L'enfoiré !

À suivre…

A venir :

A très vite…

Mais en attendant :
Extrait :

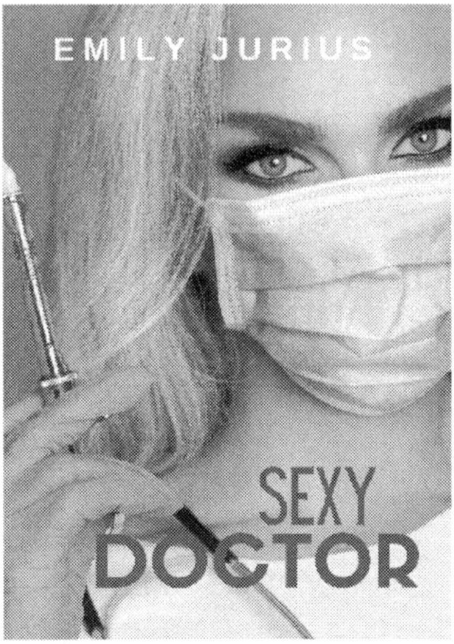


PROLOGUE

Je la sens bien, cette ville ! Vraiment bien. Je reconnais même que le casting a l'air cool. C'est un bon début. Et puis Sam est vraiment pas mal. Pas que ça m'intéresse, mais elle est pas mal. Et elle a l'air de beaucoup m'apprécier alors…

Il ne me reste plus qu'à espérer qu'un des mecs lui saute dessus comme ça je deviendrai son confident et tout le monde me foutra la paix.

Niveau acteurs, que du beau monde, je suis impressionné surtout par la super star qui pèse dans le milieu.

Lui, il me tarde vraiment de le voir débarquer. Mais pour mon premier jour d'observation, c'est avec ma doublure, Stuart, que j'ai le plus accroché. Ce mec va me coller à la peau, alors c'est une bonne chose.

Pour le décor en revanche, on est loin des grosses productions américaines auxquelles je commence doucement à m'habituer avec mes trois ans de carrière. Ceci dit, j'ai accepté de faire ce film justement pour ça. M'éloigner un peu de chez moi pendant quelques mois et profiter du calme que je ressens quand je suis à l'étranger. Et puis l'Angleterre, c'est cool et je ne suis pas non plus trop dépaysé. Tout le monde parle ma langue, avec un accent chelou mais ils me comprennent. Je vais donc pouvoir me noyer dans la masse sans trop de difficultés.

En revanche, ce que je ne m'explique pas, c'est le rôle de super connard qu'on m'a collé. Je me souviens que j'avais même prévenu mon agent que je trouvais ça rude. Moi, je suis plutôt le genre de mec cool, qui ne se prend pas la tête et qui ne cherche absolument pas les embrouilles. Et là, je vais devoir jouer un jeune con qui se prend pour un bad boy. Pas vraiment mon genre. Mais je suis comédien oui ou non ? Et puis, ce n'est pas non plus la première fois.

Bon alors, tu voulais du changement, de l'évasion, te barrer loin de chez toi, tu l'as mec !

— Dis Zo, tu viens ? Je peux t'appeler Zo ? Enfin, comme tu veux hein !

Sam m'observe, se pose des questions et si je la laisse faire, y répondra elle-même dans une minute. Et voilà, elle rougit maintenant. C'est quand même dingue l'effet que je fais à toutes mes co-stars. Elles me prennent toutes pour un don Juan difficile à approcher. Je ne les détrompe pas, bien au contraire, cette distance qu'elles imposent systématiquement, j'en ai besoin. Mais je suis toujours surpris de voir le décalage entre qui je suis et comment je suis perçu.

— Ouais, je préfère Zola mais je t'en prie.

La voilà qui baisse les yeux. Elle me prend vraiment pour le personnage de notre film. Et je ne peux pas lui en vouloir, c'est bien le problème dans notre métier. Nous sommes en permanence sur le fil. Jouant, interprétant, prenant l'apparence, les traits et même les habitudes de nos héros. Ce n'est qu'à cette condition, que nous arrivons à être crédibles et à performer. Et ce film sera clairement oscarisable. Le graal que nous convoitons tous. Je vais donc m'efforcer de lui donner précisément ce qu'elle attend trouver en venant vers moi. De la froideur, de la désinvolture, et de la distance. Pour ce dernier point, pas besoin de me forcer, c'est un talent naturel.

— Excuse-moi… ce soir on se retrouve tous dans la piaule de Ben, tu veux venir ?

Premier jour de tournage et les festivités commencent déjà. Ils ne tournent pas autour du pot.

Mais je n'ai pas encore réussi à m'installer à l'hôtel et Nina ne s'est pas encore acclimatée à son environnement.

Donc impossible pour moi. Et puis, je préfère de loin la compagnie de ma chienne que celle de n'importe qui ici. Autant poser les bases tout de suite pour ne pas qu'elle pense qu'elle a une chance avec moi.

— Non, je ne suis pas disponible ce soir ; une prochaine fois peut-être.

Je la contourne pour ne pas lui laisser le temps de commenter davantage et je vais rejoindre mon chauffeur.

— À demain Zola.

Je lui fais un signe de tête avant d'ouvrir la portière et d'accueillir ma délicieuse Nina. Elle bondit hors de la voiture et manque de me faire tomber. Il faut dire qu'un terre-neuve ayant déjà atteint sa taille adulte et pesant environ 65 kg, ça remue beaucoup. Surtout que, même si elle est à son apogée physique, c'est loin d'être le cas dans sa tête. Ma délicieuse chienne a été rebaptisée Tornade par tous les membres de ma famille, et ce surnom est assez justifié.

— Hey, hey, on se calme Nina. Allez viens par là.

Je la caresse et elle me saute dessus. Je suis plutôt grand et assez musclé mais à chaque fois, elle me fait reculer.

Aujourd'hui, après le voyage en avion, plus ma prise de contact avec les lieux du film durant laquelle elle a dû rester enfermée dans la voiture, aucune chance qu'elle soit calme et détendue.

Je profite donc que mon chauffeur soit toujours en place pour aller la balader et j'ai bien fait de chausser mes baskets car elle semble avoir envie de courir.

— On va courir un peu, on se retrouve à l'hôtel directement ?

Il me fait signe de la tête et démarre. Il m'a pris en charge dès ma descente d'avion et sera à ma disposition nuit et jour durant tout le tournage. Je visse ma casquette et me laisse entrainer à la suite de ma tornade. Heureusement que ce gros patapouffe ne court pas des kilomètres entiers sinon je serais épuisé. Non, elle préfère de loin renifler toutes les bouches d'égout et aller bouffer tout ce qui traîne par terre. Le seul problème que nous rencontrons, ce sont les autres humains. Ah oui parce que Nina a une particularité en plus d'être gigantesque et pas forcément bien élevée. Elle a en horreur les autres gens. Homme ou femme peu importe, quand ce n'est pas moi, c'est un souci. Et avec son gabarit, personne n'ose s'en approcher. Ma mère râle sans arrêt contre son caractère de cochon mais elle est un repoussoir idéal et je ne l'en aime que plus.

Le temps de flâner un peu, me voilà déjà devant le hall de mon hôtel.

Ma suite est comme je l'ai demandée, en hauteur. Et loin de celles des autres acteurs du film. Nina s'installe sur le canapé à peine sommes-nous entrés et je vais sur le balcon pour vérifier qu'il sera assez grand pour elle. La pauvre va devoir rester enfermée ici pendant toutes mes journées de tournage. Je ne bosse pas tous les jours mais parfois, elle risque de trouver le temps long. J'installe sa gamelle ainsi que ses croquettes dans la cuisine. Je range sa laisse dans le placard. Je balance mes baskets n'importe où et me voilà parti pour une soirée de glande intensive. Au menu, room-service, vieux films, musique et dodo. Oh et j'oubliais, une heure de musculation. Je dois prendre du volume au fur et à mesure du film. Je vais devoir commencer dès la fin de semaine et ça ne me fait pas vraiment plaisir. Mais j'ai déjà reçu tout le matos et bien que je l'ignore, il trône au milieu de ma chambre et je vais devoir m'y coller. En attendant, demain matin, je vais devoir me lever à l'aube pour aller la balader avant de commencer à bosser. Ça plus la maquilleuse, je vais en avoir pour des heures avant même de commencer à tourner.

Je baille déjà !

…

Printed in Poland
by Amazon Fulfillment
Poland Sp. z o.o., Wrocław

63513414R00067